Love Stories

目次

装丁　戸村守里

ぼくの味

山田詠美

やまだ・えいみ

東京都生まれ。1985年『ベッドタイムアイズ』で文藝賞を受賞しデビュー。87年『ソウル・ミュージック・ラバーズ・オンリー』で直木賞、89年『風葬の教室』で平林たい子文学賞、91年『トラッシュ』で女流文学賞、96年『アニマル・ロジック』で泉鏡花文学賞、2000年『A2Z』で読売文学賞を受賞。著書に『ぼくは勉強ができない』『マグネット』『4U』『PAY DAY !!!』などがある。

電話のベルを伴奏に、ぼくと彼女は愛し合う。ぼくはその時、幸福じゃない。ぼくが聴きたいのはそんな音なんかじゃないんだ。こんなに海が近いのに。ぼくが聴きたいのは波の音。愛に逆らわない静かな秋の海の音。

床に置かれた電話は、冷たい木の床を震わせる。やっとぼくたちの体温で暖まりかけたそんな素直な床を苛《いじ》め抜く。ぼくは、そんな時、雨が降ればいいなあと思うのだ。湿り気を含んだ床は、きっと、ノイズを包み込む。まるで彼女の体が、ぼくの熱情に対して、そうするように。

彼女は愛し合っている最中に決して電話を取らない。ぼくは、それが、嬉《うれ》しい。彼女は夢中なのだと、ぼくに思わせるからだ。ぼくは、愛に対して、まだつたないけれども、それもまた彼女の好きなものであることが解《わか》っている。完璧《かんぺき》なものは退屈よ。

彼女は、時折、そんなふうに囁《ささや》いてぼくを、ほっとさせる。ぼくのつたなさが彼女の欲情を刺激するパーツなのだと思うと、上手《うま》くそのつたなさを表現したいと、彼女を愛する手つきは、ぎくしゃくとする。泣きたい。そんな時、ぼくは泣きそうになる。そんな時、彼女は、ぼくの顔を見上げて、微笑する。細い指たちで、ぼくの唇の両はしを、きゅんと上げて、ぼくを笑わせようとする。指で形作られた微笑を、ぼくは、そのまま受け入れて、本当に、ひっそりと笑ってみせる。苦しい表情で愛し合うのは、お互いをつなぎ止めようとする恋人達だけにまかせておくべきよ。愛するって素敵《すてき》じゃないの、ね、ミッキー。

　ミッキーというのは、彼女がぼくに付けた名前だ。初めて会った時から、彼女はぼくをそう呼ぶのだ。だって、あなたは、ミッキーマウスに似てるから。彼女は笑ってそう言い、ぼくも笑って、バスルームに行って鏡をのぞいた。ああ、本当だ。ぼくは、おどけた顔をしている。そして、とても、親しみ易《やす》い瞳《ひとみ》を持っている。彼女を喜ばせることが出来るのだ。ぼくは、彼女のところに戻って、ふざけた。彼女は、やさしい笑顔で、ぼくを抱いた。ぼくは、遊ばれることの嫌いなトイになった。

　女の愛し方を教えてあげるわ、と彼女は言った。だけど、ぼくが学んだのは、女の愛し方ではなく、彼女の愛し方だ。彼女は、とても欲張りで注文が多かった。それは、彼女に沢山《たくさん》の好きなことが、あるということだった。ぼくは、その「好きなこと」を、ひとつひとつ覚えていかなくてはならなかった。

ゆるやかに波打つ彼女の髪の毛をどんなふうに枕に流したらよいのか。囁きの中に、どんな甘い息をまじえたらよいのか。そして、その息を、どのくらい自分の口の中に溜《た》めて置けば、彼女の耳を曇らせることが、出来るのか。あるいは、彼女の産毛の梳《と》かし方。それは、指紋を上手に使わなくてはならないから、とても難しいのだ。けれど、上手くやりとげた時は、彼女の皮膚が正直に粟立《あわだ》つから、ぼくは、とても得意な気持になる。ぼくは、彼女の望むことなら、何でも、してみたかった。彼女の望むことは、ぼくの望むことだった。だって、彼女の幸福に喘《あえ》ぐ姿を見ると、ぼくは死にそうに嬉しくなるのだもの。ぼくは、宗教を持たないけれども、その時だけは神様に感謝する。ぼくは懺悔《ざんげ》をしない不届きなクリスチャンになるのだ。

ぼくは、彼女の足の間に、自分の舌を溶かし込むこともする。そこはとても熱くて、ぼくの心に火傷《やけど》を負わせる。ひりひりして、おなかがすく。ぼくは彼女に不思議そうにそれを言う。食べて、ミッキー、好きなだけ。ぼくは、だから、遠慮しないでくらいつく。くらいついて、ぼくは、チーズに穴ぼこを開ける仕様のないねずみ《マウス》になる。

　ぼくは、暴れんぼうの彼女の足を、少し意地悪な気持で、シーツの上に押さえつけることすらする。気持を良くさせるということは、と、彼女は、ほおっと溜息《ためいき》をついて言う。物解りが良いということでは決してないのよ。だから、ぼくは残酷になることを覚えた。それは、じらすことだ。彼女をじらすことが、自分自身をもじらすというのを、ぼくは知って、歯がみをする。彼女の身体《からだ》は、反射鏡だ。あるいは、ぼくにはね返る木霊《こだま》なのだ。

　彼女は、ぼくを見るのが好きだった。ぼくの容姿には才能があるのだそうだ。ぼくは、シャワーを浴びた後、少し気取って、煙草《たばこ》をくわえて酒を飲む。その姿は、うんと気障《きざ》だけれども、きっと彼女の気を引くだろう。ぼくは、彼女に片目をつぶって見せる。きみのミッキーマウスは、どんなふうだい。彼女は笑って首を横に振る。そういう姿に舌なめずりをする年齢は、私は、とうに越してるわ。どうせ、そうするなら、シャワーの後ではなく、その前にベイビーオイルを使うものよ。彼女は手招きをして、ぼくを呼ぶ。ぼくの体にねっとりとしたオイルを伸ばして行く。油の膜は皮膚呼吸を妨げる。ぼくは幸福に息が詰りそうになる。そして、彼女に促されて、バスルームに行く。シャワーの栓を思い切りひねると、激しい雨の向こう側に彼女が見える。いとしい彼女の視線が雨の隙間《すきま》をぬって、ぼくの肌をつまずきながら滑り出す。ぼくは、どきどきする。彼女の視線は、そういう時には爪《つめ》をもつ。ぼくは彼女に爪を立てられながら、言われるまま、石鹸《せっけん》を使わずに体を洗う。体を打ちつけるお湯はオイルのせいで、少しも馴染《なじ》まずにぼくの肌の上を滑って行く。ぼくは、どうしたものかと思案する。すると、彼女は、シャワーの栓をひねって湯を止め、すると、そこには午後の波の音しか聞こえない。

ぼくは彼女を見る。彼女は満足そうに微笑《ほほえ》む。快楽に出会った時に、いつも浮かべるあの微笑。ぼくは彼女の手からタオルを受け取ろうと手を伸ばす。彼女は、差し出した手を引っ込める。取りにいらっしゃい、こっちまで。彼女は、タオルをひらひらとさせながら、バスルームを出てしまう。ぼくは、濡れた体のままバスルームを出る。そして、申し訳なさそうに水滴をしたたらせながら、木の床を歩く。彼女は、窓辺にいる。あんな所に。

ぼくは西日の領域に足を踏み入れる。秋なのに、まだ熱い陽ざしは、ぼくの皮膚を灼《や》く。彼女の顔が眩《まぶ》しすぎて、よく見えない。彼女は、ふわりと、大きなタオルを床に敷く。お座りなさいと彼女は、小さな声で言う。彼女は即席の浜辺を作るのが上手だ。ぼくは、そこに行く。そして、腰を降ろすと、彼女は笑う。素敵よ。彼女は、ぼくの胸に触れて、そう言う。ぼくは、改めて自分の体を見降ろす。ぼくの肌は油のせいで水滴をはじき、それは、ころりとしたしずくを遊ばせる雨上がりのはすの葉っぱのように見える。

海岸では、ピクニック。ぼくは果実を齧《かじ》り、黒いタオルの砂浜は温かい。潮の匂《にお》いは、ぼくと彼女の体の隙間で吹きだまりになる。ガラス越しの陽ざしは、ゆらゆらとうごめいて、彼女の髪は、いけない海草になる。ぼくの体は、彼女の上に水滴をこぼして、それは、次々とつぶれて紋様を描く。彼女の皮膚には何も余計な遮りがないから、それを素直に染み込ませる。そして暖まった毛穴からは新鮮な汗が湧《わ》く。ぼくは、それを、ひとつぶ、ひとつぶ、舌ですくって行く。彼女がそうされることを望むからだ。ああ、と彼女は溜息をつく。自堕落な日光浴は、彼女の体に赤い斑点《はんてん》を浮かび上がらせる。陽ざしの中で、いつも、こんなふうにしているから、ぼくは舌まで陽に灼ける。はしたないサンバーンは、こうしてやって来る。ぼくは表面にいつもオイルを塗りたくっているにもかかわらず、灼け過ぎた心を持て余していて困っている。

海辺にはハモニカの音色が流れるべきだ。ぼくは、そのことで努力する。彼女の半分開かれた唇の隙間から、快楽を訴える言葉がシャボン玉のように次々とはじけては消えると、ぼくの全身の息は思いを伝えたくて、まだ残っている油の膜を押し上げる。苦しさにうろうろしながら全身を駆け巡るぼくの息たちは、たったひとつしかない出口に向かい始める。ぼくの口からは、どうしようもなくなった、愛しているという言葉が吐き出される。

ミッキー、私もよ。彼女は、嘘《うそ》をつく。あるいは、その時だけの本当を口走る。ぼくの顔は歪《ゆが》む。そうすると、いつものように彼女は、ぼくの唇のはしに指を当てる。ぼくの唇は、もちろん、そうされて、微笑する。けれどぼくの瞳は、きっと泣きたい表情を浮かべている。彼女は、好きなのだ。涙を流さずに、ぼくが泣くことが。こぼされた後の涙は、ただの塩水。彼女は、そう言い切ることすらする。だったら、海の水の方が、ずっと素敵よ、ベイビー。おいしいものが沢山溶けている。ぼくの涙には、おいしいものが溶けていないとでも言うのだろうか。あなたは、まだ、知らないことが多過ぎるわ。彼女の舌は、あまりにも、贅沢《ぜいたく》だ。

彼女は、ぼくに彼女に関する色々なことを教えた。心の奥底を除いては。そして、ぼく自身に関する色々なことも。ぼくは、彼女によって自分自身について学ばされた。

ぼくは今まで、自分の体が、息のひと吹きで震えてしまう程、繊細であることを知らなかった。彼女の伸びた爪を容易《たやす》く埋め込ませてしまう程、柔かな皮膚を持っているとは気付かなかった。足の間にすら味覚があることを知らなかった。ぼくは味わうことが出来る。ざくろのような彼女の舌の突起物を。絶え間なく湧いて来る彼女のボディシャンペンを。

夕暮れが、彼女に化粧する。ひと握りの西日が彼女の唇を染め変える。彼女は、とても、おいしい。女を味わうことを、ぼくに教えたのは、この人だ。ぼくのことも、味わっておくれ。ぼくは切望する。そんな時、彼女は、ぼくの肩を噛《か》む。滲《にじ》み出て来るグレイビーが、どうか味わい深いものであってくれとぼくは願う。ぼくは食べ物だ。ただのちっぽけな食べ物だ。電話が鳴り出したりしないのが嬉しい。ハモニカの音色が聴こえて来るような気がする。かなしい音は、まっすぐにぼくの背筋を走るのだ。あのいじらしい小さな楽器。そして、小さなぼく。叫び声をあげてしまいそうになると、彼女は指をぼくの口に差し込む。指から洩《も》れるぼくのうめき声が好きなのだ。ああ。ぼくはその中の薬指を選び取って、きつく噛む。歯の跡は、根元にくっきりと、刻みつけられて、ぼくは、約束のしるしを残すのだ。それは、唾液《だえき》に濡れて、夕闇を反射させる。銀の指輪でぼくは彼女をものにする。潮のかおりは、ぼくを悩ませる。あんなに敏感だった筈《はず》の鼻が、突然、きかなくなる。ぼくは嗅覚《きゅうかく》を奪われたかわいそうなねずみだ。海は罪だ。ぼくは彼女すら解らなくなる。溺《おぼ》れて行くのがよく解る。少しは、もがいてみるけれども、無駄だというのがすぐ解る。愛していると跡《と》ぎれ跡《と》ぎれに出て来た言葉が、ぼくの遺言になる。彼女が大きな溜息をつく。それと同時に、ぼくの皮膚呼吸は、とうとう完璧に止まるのだ。

彼女がタオルを片付けてしまった後、ぼくは、呆然《ぼうぜん》と床に座り込んだままでいる。ふと、我に帰るとバスルームからの濡れた足跡が、途中で、ぱったりと消えている。雪男だよ。ねえ、雪男だよ。ぼくは、はしゃいで、彼女にそう伝える。彼女は、少し笑って、海に雪男はいないのよ。そう呟《つぶや》いて、口紅を塗り直す。ぼくは、最初に彼女の口紅を食べてしまうのだ。それでないと、彼女は少女にならないからだ。ぼくは彼女が、あどけない、そしてふしだらな言葉を囁くのが好きなのだ。

口紅を塗り終えて、大人に戻った彼女は、ぼくを途方に暮れさせる。いい子にしているのよ。そう言い残して、彼女がデリカテッセンに行ってしまうと、ぼくは、ごろりと横になり、ただのルードな少年に戻るのだ。あああ、ぼくは、仕方なく欠伸《あくび》をする。とても、静かだ。波の音は、それ以上の静寂を運んで来る。彼女がいないと、海は、ただの海だ、体温のバリアを張らないと、海からの風は、ぼくの寂しさを刺激する。横になる。行儀悪く足の爪を切る。ごろん、ごろん、と転がると床に散らばった爪は、ぼくの背中につき刺さる。それは、少し痛いけれども、ぼくの心を束縛しない。ぼくはさっきの情事を思い出す。彼女の幸福な表情を思い浮かべる。いとしい気持が心臓をつかむ。あの時の彼女は、まるで飼い主の側《そば》で眠る、油断だらけの猫だった。ぼくは、色々な彼女の仕種《しぐさ》だって思い出す。またもや体は熱くなる。二度目の熱さは、目頭だって熱くする。ぼくのもの。彼女を静かにそう呼んでみる。それは、ぼくの心に書かれた秘密の落書きだ。

彼女は、愛し合う最中に鳴る電話をとらない。受話器を上げた途端、そこには別の愛が、待っているからだ。彼女がぼくにそうしたように、彼女に愛することを教えた声が流れ出ることを知っているからだ。ぼくは、その声をまだ聴いたことがない。彼女は、いつも、遠く離れた場所で、受話器を耳に当てる。ほんの数フィート。でも、ぼくには、何よりも遠い距離。ぼくは、その声の主が、どのような男かを知らない。

けれど、彼女の瞳を濡らす程の才能を持った男であることがよく解る。ぼくだって、彼女の瞳を湿らせることぐらい朝飯まえだ。けれど、声だけで、それをやってのける男に、ぼくは驚嘆する。きっと、その声には、彼女を作り上げたさまざまな過去が絡み付いているのだろう。

ぼくをいっぱしのジゴロに仕立て上げたのは彼女だ。そのことを言うと、彼女は声を立てて笑う。生意気ね。ぼくは少し腹を立てる。ジゴロだなんて言葉、使うものじゃないわ。そう彼女は言うけれど、ぼくは心の中で呟いている。ジゴロだよ。お客は、彼女が最初で最後なんだ。あなたのものにしてもいいよ。ぼくは、彼女にすり寄って囁く。誰のものでもないわ、ミッキー、あなたは、あなたよ。

ぼくは、その言葉に不服げな表情を浮かべる。ぼくは、自分がここに生きて、存在していること自体が彼女の好みであればいいと思う。剥《む》き出しの彼女の趣味が、そこにいる。ぼくは、そういう男になりたいんだ。彼女は、ぼくの頭を抱えて、ほっぺたに口づける。そんな男、女は追わないものよ。女じゃない。あなただよ。彼女は不意に涙を流して、ぼくを慌てさせる。苦しいわ。そう言って、彼女は、啜《すす》り泣く。ぼくは彼女を抱き締めてあげる。そう出来るくらいに、ぼくの肩は広いのに、なんだか、ぼくまで、泣きたくなってしまうのだ。

愛しているという言葉がどんなことを意味しているのか本当はよく解らない。ぼくの唇が彼女によって引き締まる時、そして、その緊張がゆるやかに溶けて行く時、ぼくの心は、その言葉をつむぎ出す。そのことを、彼女は、ぼくの体に少しも触れないで、させてしまうのが得意だ。アルファベットのひと文字、ひと文字が、甘いドロップスだ。それも、誰かに取り上げられてしまう寸前の。舌の上を転がすようにして、素早く味わって、彼女に口移しで食べさせる。いつも、ぼくは、それを夢見て過ごしている。

彼女は、良い匂いのする男が好きだ。ぼくは、デパートメントストアの香水売り場で半日、思案したことがある。素敵な香りは、とても高価なのだ。どうしよう。ぼくは、困ってしまい、顎《あご》に親指と人差し指を当てながら腕組みをする。手首からは、今、試したばかりの匂いが立ちのぼり、ぼくの頭をくらくらさせる。ねえ、大人の男の香りっていったいどんなの？　ぼくは尋ねた。すると店員は、どぎまぎしたように、ぼくを見詰める。そばかすの顔じゅうに散ったファニーフェイスのかわいい女の子だ。彼女は、まっすぐに見詰めるぼくに答えながら、顔をまっ赤に染めていた。ぼくには、女の子をどぎまぎさせる何かがあるらしいのだ。そういうのを目撃すると、ぼくは、海辺の家に帰って、まっ先に彼女に報告をする。まるで、けんかに勝ったストリートキッズのように得意げに。彼女は、そんなぼくに笑って見せて、手の平でぼくの頬《ほお》に触れる。いいことじゃないの、ミッキー。どぎまぎさせる方法を心得てしまっては駄目よ。そのことを利用してしまっては、価値はなくなるのよ。利用するって、何のために？　女の子をひきつれて、ベッドに誘うためによ。ぼくは、目を丸くする。そんなこと、しないよ。彼女は上目遣いで、ちらりとぼくをにらむ。ベッドに誘うのは構わないのよ。私がいいたいのはね。ぼくの唇が見る間にとがって行くのを、彼女はおかしそうな顔をして観察しながら続ける。方法を心得ている男に本当の魅力はないってことなのよ。どぎまぎさせるのは素敵なことよ。でも、どぎまぎさせてやろうなんて思わないことね。ぼくは横を向いて拗《す》ねた。思うもんか。ぼくは床を人差し指で撫《な》で続けている。どぎまぎさせてやろうなんて、はなっから、無駄なことなんだ。彼女は、ぼくが、何をしても、落ち着いて受け止める。胸をときめかせているのは、ぼくだ。心を揺らしているのは、ぼくの方なんだ。彼女は、ぼくを、感受性の強い生き物に育ててあげる。さぞかし簡単なことだろう。ぼくを泣かせるのは。笑わせるのは。そして、身も心も、いかせた後で、絶望させるのは。ぼくは、まだ絶望というものを、本当は知らないけれども、そう思う。彼女は、ぼくにそれを味わわせないくらいに、やさしい。そして、それと隣り合わせの深い愛情につからせてくれない程に、じらし屋だ。

その日、ぼくは、あれこれと迷った末に、黒い瓶に入った香水を買った。フランス製だから、何と読むのか解らなくて、その香水の名前すら知らなかったけれども、香りはいかにも彼女好みだった。ぼくは、自分の体から立ちのぼる匂いが彼女の鼻を刺激するさまを想像した。ぼくの体を流れる豊かな髪が、その匂いを引きずって彼女の敏感な皮膚を赤らめさせることを思い浮かべた。ぼくは、女店員に向かって、にっこりと笑い礼を言った。彼女はやはり、どぎまぎした表情を浮かべていた。ぼくの体を引き立てる香りを知ったからと言って、何も秘密をのぞき見たかのように顔を赤らめることはないじゃないか。ぼくはむっとした表情を浮かべて、意地悪にも、こんなふうに心の中で呟いた。この香りは体温で、どんなふうにでもなるんだ。そして、ぼくの体温を上げるのは、きみではありえないんだから、そんなにうろたえないでくれ。

ぼくは、買ったばかりの香水を体じゅうに吹きつけて、彼女の帰りを待った。親指で、残りの四本の指をこすりながら、ゆっくりと指を動かすと、摩擦されたよい匂いが、部屋の中にこぼれ落ちる。ぼくは、少しばかり、卑猥《ひわい》な想像をして、笑いをこらえながら下唇を噛む。歯を磨いて置きたかったけれど、磨き粉のミントの味が、香水をだいなしにすることを恐れて、何度も、ただの水で口をすすぐ。石だたみを気持良く削るような音がする。彼女が帰って来たのだ。ぼくはタオルで口を押さえて、彼女がドアを開けるまでの数秒間の時間を胸をときめかせながら、つぶす。

足音が突然止まる。ぼくは訳もなく不安を感じる。彼女が家に戻る前の足音は、ぼくの心臓の音にいつのまにか同調している。だから、急に足音を止められたりすると、ぼくの体は困るのだ。

突然、足音は速くなり、いきなりドアを開ける音がする。ぼくが振り返ると、そこには、あおざめた顔の彼女がいる。ぼくは、ぎこちなく笑う。何かが彼女の心に起こってしまったのだ、と、ぼくは直感する。

この香り、と彼女は呟いて、ぼくを見る。買ったんだ。ぼくは平和でない空気が立ち込めてしまった部屋の中で、無理に笑おうとする。これだよ。ぼくは彼女に香水瓶を差し出すけれど、彼女は見ようともせずに、部屋に入り上着を脱ぐ。知ってるわ、この香りならね。家の外からでも解ったわ。ドアの隙間から匂ってた。

彼女は、部屋じゅうの窓を開けて、空気を入れかえようとする。背中は、かすかに震えていて、絹のブラウスに包まれた肩は尖《とが》っているように見えたから、ぼくは、自分が彼女を怒らせたのだということに気付いた。

嫌いだったの？　あなたが好きだと思ったんだ、この香り。ぼくは彼女に近寄り、背後から、彼女を抱く。そうすると、湿り気に敏感なぼくの鼻は、彼女の涙を感じ取る。どんなに、きつい香水のもやの中にいても、ぼくは、彼女の涙の匂いを嗅ぎ分ける。

彼女は、ゆっくりと振り返って、ぼくを見る。ぼくは、その時、電話のベルを聴いたような気がする。あなたを傷つけたの？　ぼくは尋ねる。彼女は何も答えない。ただ、お風呂に入っていらっしゃいよ、と言うだけだ。やはり、彼女は、こんな時でも、決して、ぼくの目の前で受話器を取ろうとはしないのだ。

週末に、ぼくは、台所《キチン》にとじこもり、慣れない手つきで料理を作る。あれから、あの香水は使われないまま、部屋の隅に置かれたままだ。彼女は、もう、すっかり忘れたかのように、明るく笑っている。ぼくは心の中にあの香りを残しているけれども、何も言わずに毎日を過ごす。

昼過ぎに彼女は起き出して来て、ポーチに用意されたバーベキューのグリルを見て、嬉しい悲鳴をあげる。ぼくは、照れ臭そうに台所《キチン》から出て来て、ポテトサラダに使うドレッシングのありかを尋ねる。ぼくを見て彼女は吹き出す。ぼくは、何がおかしいのだろうと裸の上半身と、穴の開いたリーバイスを穿《は》いた自分の体を見る。異状なし。ぼくは両手を広げて首をかしげる。彼女は、近寄って来て、ぼくの首筋に口づける。そして、さもおかしそうに言うのだ。体じゅう、バーベキューソースの匂いがするわよ。グリルにのっけちゃうから。

満腹して、ぼくたちは幸福だ。彼女は潮風に吹かれて、心地良さそうに煙草をふかしている。こんなふうに人生が終われば、いいのに、とぼくは呑気《のんき》にそう考えている。ふと気が付くと、彼女が目を細めて、ぼくを見ている。ぼくが、目で、なあにと問い返すと、彼女は言う。今日のあなたの体の匂い、そういうのを良い匂いと言うのよ。香水よりも？　ぼくは、おそるおそる彼女に尋ねる。彼女は、少し間を置いて、ずっとね、と呟く。第一、と、彼女は片目をつぶる。おいしそうだわよ。

空になった皿に残ったバーベキューソースが乾き始める。おいしかった？　とぼくは聞く。最高だったわ、と彼女は言って、皿を舐《な》める真似をする。ぼくは？　彼女は手を止める。ぼくは、おいしい？　良い味がする？　まだ解らないわ。彼女はつれなくそう言うけれども瞳はとても暖かい。

　男の良い匂いも良い味も、あなたが決めることだよ。私、そんなだいそれたこと決められないわ。決めなくてもいいんだ。あなたの思う良い味の男ってどんな男？——私の教えなんて、嘘っぱちよ。どうして、そんなに気にかかるの？　彼女の問いにぼくは答えない。彼女の体がぼくの中から押し出そうとしない限り、ぼくは恐くて、愛しているという言葉が使えないのだ。

　知りたいから。ぼくは、ただ、そう言うだけだ。そうね。彼女は少しの間、考える。たとえば、ひとつの条件をあげるとすると。ぼくの耳は、ぼくの足の間にあるものが、彼女の快楽の鍵《かぎ》を捜し出そうと、やっきになる時のようにピンと立つ。傷ついたことのある男ね。傷ついたことのある男は良い味がするわ。でも、子どもが傷つくようなそういう傷つき方ではないの。その時に、自分を肯定してしまうような傷は駄目。それに、血の流れている生々しい傷も嫌。未《いま》だにうずく、はねっかえりの傷あとを隠した男は、かさぶたまで良い味よ。

電話のベルが鳴る。彼女は、ごめんなさいと言って、ぼくをそこに残したまま、受話器を取るためにテーブルを離れる。ぼくは、彼女の甘い尾っぽを付けた悲しい尻《しり》が揺れるのを見詰めている。ぼくは、肌寒さを感じて裸の上半身を自分の腕で抱え込む。シャツを取りに行きたいけれども。部屋の中に入って行けない。火を燃やして暖まりたいなあと、ふと感じる。ぼくは、バーベキューソースの匂いのする自分に苦笑する。たき火に倒れこんだりしたら、本当にぼくは食べ物だ。彼女の舌に残るぼくは、その時、きっと、彼女の好きな味かもしれない。

誰かアイダを探して

鷺沢　萠

さぎさわ・めぐむ

東京都生まれ。1987年、上智大学在学中に『川べりの道』で文學界新人賞を受賞しデビュー。92年『駆ける少年』で泉鏡花文学賞を受賞。著書に『少年たちの終わらない夜』『帰れぬ人々』『F　落第生』『君はこの国を好きか』『失恋』『さいはての二人』『私の話』などがある。

背後で花火をやっている。機関銃のような賑《にぎ》やかな音と若い女の嬌声《きょうせい》が届く。

――真夜中というのに、元気なことだ。

僕は心の中で呟《つぶや》いて、音のするほうを見やった。黒い空に鮮やかなオレンジ色の光が昇り、空中で炸裂《さくれつ》すると火花を散らす。僕の隣りで膝《ひざ》を抱えているアイダは、身体《からだ》を捩《ね》じまげて後を眺め、オレンジの閃光《せんこう》に溜息《ためいき》を洩《も》らした。生あたたかい風が吹いてアイダの長い髪がやんわりと揺れると、硬い感じの顎《あご》の線が見える。僕のほうはそんな彼女の横顔に、思わず溜息をついてしまう。

――この階段、全部で何段くらいあるのかな。

僕はアイダの注意を花火から引き戻すために言った。足もとに続く広い石段を下りきったところは、石畳の広場になっている。広場の中にある芝生の植え込みには、背の高い樹々があって、水銀灯の灯りに照らされている。青白い光に照らされた樹々の葉は、たよりなげな薄い緑に透けて見えた。

——なんだか、日本じゃないみたい。

アイダは前に向き直ると、僕のバカげた質問には答えずにそう言った。

石畳の広場のむこう、目の前に見下ろす駒沢通りは深夜のせいか車の数もまばらだけれど、どいつも凄《すご》いスピードで飛ばしてくる。赤いテイルランプが、尾を引くように瞼《まぶた》の裏に残像を刻む。通りのむこう岸にはネオンをつけたワゴン車が停まっていて、ピッツァやコーラを売っている。ワゴン車の脇《わき》にたてかけられた大きな星条旗と車の上のピンクのネオンが、ちょっとアメリカっぽい。真夜中の駒沢公園は、確かになんだか別世界のような感じがする。

——ねえ、あそこに行って、コーヒーかコーラを飲まない？

アイダがワゴン車を指さして言った。

——うん。

僕はそう答えてジーンズを両手で払い、立ちあがった。階段を降りはじめると、前を行くアイダの丈の短いTシャツから背中が見え隠れした。僕はぴょこりぴょこりと一段ずつ石段を降りるアイダに追いつくと、Tシャツを引っ張ってやった。

――丸見えだぞ。

――うん。

アイダは恥ずかしがるふうもなく、笑いながら答えた。僕はアイダのTシャツをそのまま派手にめくり上げた。キャッと叫んで身をかわすだろうと思ったのに、アイダはされるままになりながら屈託なく笑い続けて石段を跳《は》ねるように降りていく。背中の白さにドキリとした僕は、なんだか不思議な気持ちになって、彼女に従うように一段ずつ石段を踏んだ。


アイダの本名を僕は知らない。はじめて会ったのは二週間前。僕は〝デポ〟というカフェで遊び友だちと待ち合わせていた。CJという渾名《あだな》のその友だちよりも早く店に着いた僕は、窓際に席をとった。すると、目の前のカウンターで凄く美味《おい》しそうにビールを飲んでる子がいたのだ。僕は頬《ほお》づえをつきながらなんとなくその子を眺め、CJが来るのを待っていたのだが、約束に五分遅れてやって来たCJは、僕を見つけるよりも早く彼女に声をかけたのだ。

「アイダじゃない」

呼ばれて彼女は顔をあげ、ＣＪを見るとにこりと笑った。ＣＪは彼女の隣りに立ったまま、しばらく何か喋《しゃべ》っていたが、彼女がＣＪにポツリと言ったことばが、どういうわけか僕のところまで届いた。――近ごろ何やってもツマンないの、どうにかならないものかしら。

彼女と別れて僕のところへやって来たＣＪに、僕はまず訊《き》いた。

「知ってる子なの？」

「うん、去年まではよく見かけたな。〝Ｐ〟でよく遊んでたよ」

「なんて名前？」

「――アイダ」

「アイダ？　本名かよ」

「知らない。でもみんなそう呼んでるよ」

アイダという奇妙な渾名の響きと、何やってもツマンないという彼女のことばは、僕をおかしな力で惹《ひ》きつけた。

それから二、三日して、ぼくはやはり〝デポ〟で彼女を見つけた。というよりは、僕がそれから〝デポ〟に入り浸って、彼女を待ち伏せしたのだ。

カウンターの彼女の隣りにさり気なく腰かけた僕は、アイダに声をかけた。

――やあ、アイダ。

アイダはちらりとこちらを見て、ゆるやかに笑って答えた。

――コンニチワ。

僕はアイダが、二、三日前に見た僕の顔を憶《おぼ》えていたのかと思って、少しびっくりして言った。

――僕を憶えているの。

するとアイダは驚いた顔になって僕を見つめ、やがて小さく首を振った。

僕は少なからずがっかりしたが、すぐに気を取り直して言った。

――車で来てるんだ、少しドライブしない？

アイダはバッグを手に取ると、カウンターのスツールからぴょこりと飛び降りた。

立ってみると彼女は意外なほど小さかった。

僕はアイダが怒ってしまったのかと思って――いきなりドライブに誘ったりしたから――ちょっと困った顔になってアイダを見た。けれど彼女は僕のシャツの袖《そで》を引っ張って言ったのだ。

――どうしたの？　早く行こうよ。

アイダの表情は秒刻みで変わる。その日から僕とアイダは毎日会っているけれど、僕はまだほんとうのアイダの顔がわからない。歳《とし》は僕と同じ十九だという。十九にしては大人っぽく見えるけれど、ときおりドキッとするほど幼い顔を見せることもある。

アイダは取るに足らない些細《ささい》なことに、ひどく悲しんだりひどく喜んだりする。たとえば一緒に海を見に行った帰りのこと。アイダがお腹《なか》が空《す》いたというので、僕たちは国道沿いのドライブインに寄った。そのとき、僕たちの隣りの席に子供連れの若い夫婦がいた。

何かの拍子に――たぶんフォークだかスプーンだかを床に落っことして――二歳くらいのその男の子が泣き出した。母親が何とかなだめようとするのだが、男の子はなかなか泣き止《や》まない。とうとう若い母親は、子供を抱いて外へ連れ出した。空いた彼女の席の前には、まだほとんど手つかずのチキンが残されていた。ひとりになった父親のほうは、溜息をひとつつくと、あとは黙々と食事を続けた。

子供が泣き出したあたりから、アイダの眉間《みけん》にはシワが刻まれていたのだけれど、母親が子供をあやし疲れて戻って来ると、アイダはもう行こうと言って急に立ちあがった。僕は帰りの車の中で、アイダの機嫌を直すのに苦労した。

そうしてアイダは、つまらないことにえらくはしゃぐ。僕の車を家のガレージで洗ったときには、ホースの水に虹《にじ》ができると言って何十分も一人で遊んでいたし、京浜島にドライブに行ったときには、間近に見える飛行機に手を振って、声をあげて笑っていた。

不機嫌な顔で喋らなくなってしまうときのアイダは、今にも泣き出しそうな感じがする。手を触れればガラガラと音を立てて崩れ落ちる不安定な積木のようで、僕は声をかけることもできない。そういうとき彼女は、何かにおびえているような、自分の中にある不安を持て余しているような顔をしている。アイダは何を怖がっているんだろう。——だから僕はときどきそんなことを考えた。

けれどアイダはその一分後にコロコロと笑っていたりする。それはきっと彼女にとっては自然なことなのだろうけれど、僕はどこにいるのがほんとうのアイダなのかわからなくて、ときおり戸惑う。

――何やってるんだろうって、ときどき思うわ。

――え？

僕はアイダの言ったことの意味がよくわからなくて訊き返した。午前一時を過ぎて、駒沢通りを行く車の数は一段と減ってきた。アイダはコーヒーの紙コップを手の中に包んで、通りのむこう、さっきまで僕たちが腰かけていた石段を眺めながらゆっくりと話しはじめた。

――学校へ行く電車の中とか、ただ街を歩いてるときにね、周りにたくさん、ヒトがいるわけじゃない？

――うん。

――そういう人たちを見てるとね、あ、あたし何やってるんだろうって。あたしがここにいるって、どういうことなんだろう……。

――思うの？

――……。たとえばね、あたしがフッと消えちゃっても、誰も気が付かないかも知れない、誰にも関係ないわけじゃない。

——それはそうだけど……。でもそんなこと言ったら僕だってそうだし、みんな同じだよ。

——そうかな。

——そうだよ。

アイダは口をつぐんでうつむいた。ピッツァのワゴン車の中から、FENのニュースアナウンサーの声が聞こえてきた。立ったまま紙コップを両手で包んでうつむいているアイダを見ていると、僕の中で不思議な気持ちが湧《わ》いてきて、胸もとまであがってくる。彼女にはじめて会ったときから未《いま》だに解けずにいる謎《なぞ》が見えてきそうで見えず、僕はまたもどかしい思いをした。

——少なくとも……、少なくとも僕は、アイダが急にいなくなっちゃったら悲しいぜ。

アイダは僕のことばに幽《かす》かに笑った。そうしてコーヒーの紙コップを道路の縁石の上に置くと、後ろで手を組んで身体を伸ばすようにした。

芝生を囲う柵《さく》の上に腰かけて、僕はアイダが言ったことについて思った。彼女がずっと怖がっていたのは、そういうことだったのかな、とふと考えた。

アイダの白い服が暗闇の中に浮かびあがる。僕はアイダが、彼女のことば通りにフッと消えてしまうような気がして、急いでアイダの手をつかんだ。

引き寄せた彼女の身体はあたたかくて、僕はあたりまえのことに安心した。腰かけた僕の顔に、アイダの髪が触れた。まぎれもない彼女の匂《にお》いを感じて、僕は腕に力をこめた。僕はアイダがとても好きだ。無邪気に笑う子どものようなアイダも、顔をしかめて何かにおびえているときのアイダも、すべてをひっくるめて彼女に惹かれている。いっときも、目を離していたくない。

それでも夏休みが終わって十月になれば、また学校へ行かなくてはならないし、もっとたくさんの時間が過ぎれば僕も四年間のラッキー・ピリオドから放り出される。それを考えると気が滅入《めい》るのは確かだけれど、とりあえず僕はここにこうしている。

——二十歳《ハタチ》になったら……。

アイダが口を開いた。

——二十歳になったら？

僕は彼女をうながした。けれどアイダは首を振り、何でもないと呟いた。

むこう側の石段の上では、飽きずに花火を続けているらしい連中が大声で騒いでいる。派手な音と閃光が、夏の終わりの夜空を彩る。アイダはそちらのほうを振り向くと、僕の腕をすり抜けて通りのそばまで走り寄った。

僕は彼女を追いかけるように柵の上から立ちあがり、連続して空に昇る仕掛花火を見つめた。そうしながら僕は、二十歳になったら、そのあとにアイダが何を言いたかったのかと考えた。それがわかれば僕は今までよりもずっと、彼女のほうに近づけるような気がした。

怒ったように火花を散らしたのは、石段の上にいた連中の最後のウサ晴らしだったのか、連続して打ちあがった何本かの花火が終わるとあたりは急に静かになった。ワゴン車から聞こえてきていたFENの音もいつの間にか止み、駒沢通りをときおり行き過ぎる車の音が、却《かえ》って静寂を目立たせていた。

——イヤになっちゃった……。

アイダがぽつりと言った。二十歳になったら、の続きを考えていた僕は、自分のことを「イヤになった」と言われたのかと思ってハッとしてアイダの後ろ姿を見つめた。彼女は道路のむこう側を眺めたまま続けた。

——イヤになっちゃった。あんまり知りもしない人と、凄く仲いいみたいに喋ったり、次の日には別の人とその人の悪口言ったり……。ほんとに大好きだった人が別のコと一緒にいても、そのすぐ隣りで笑いながら冗談言ったり、そういうの全部、イヤになっちゃった。

僕は黙ったままで聞いていた。アイダは爪先《つまさき》で舗道に絵を描きながら、うつむいて言った。

——たぶんあたし、疲れちゃったの。楽しそうなフリしてることに、疲れちゃったの。

いつかアイダをはじめて見たとき、彼女が「何やっててもツマンない」と言っていたのを思い出した。

僕だってアイダのように思うことがないわけではないけれど。

——楽しくなかったわけじゃないんでしょう？

——そうだけど……。それはそうなんだけど。でもずっと楽しいままではいられないもの。あたしどこで区切りをつければいいのかわかんなくなっちゃった。こんなふうにしてるまま時間が経っていっちゃうのは凄くイヤだな。

僕は舗道に視線を移して、たぶん彼女がずっと怖がっていたことについて思った。

夏休みもラッキー・ピリオドもいつかは終わる。時代という世界中が、いつかは僕の肩の上にのしかかり、観衆の監視が僕を縛るだろう。その日その日が楽しければいいだなんて、口では言っているけれど——そうして心の奥のどこかでは、ほんとうにそう思っているのだけれど——僕はすぐに身をかわせるように、自分がスタンバイしているのを知っている。だから僕は、今の自分をひどく姑息《こそく》だと思う。

アイダはきっと、僕の何倍も正直なのだと思う。時間が経つのが怖いのは僕も同じだ。けれどアイダは姑息でないから——自分を誤魔化《ごまか》せないから——その正直さとまったく同じ重みで僕よりもたくさんのことを考えなければならない。

僕がことばを探していると、アイダは振り向いてくすりと笑った。

——いやだ、今あたし、きっと情けないカオしてたよ。暗くて見えないからよかったけど。情けないときの自分のカオがいちばんキライ。

僕のほうを向いたアイダの半身を、ワゴン車のピンクのネオンが照らし出した。片頬だけピンクに染めた彼女はなんだか病人のように頼りなかった。そうして妙に綺麗《きれい》だった。

——じゃあさ、アイダをふりじゃなく楽しませてあげるよ。

――え？

――何でも言ってみなよ、やってあげるからさ。

僕がそう言うとアイダは大きな瞳《ひとみ》をいたずらっぽい期待にキラキラと輝かせた。じゃあねえ、そう言ったあと、公園の水銀灯を見つめて真剣に考えこんだ。

――じゃあ……、道路の真ん中で、トンボ返りしてよ。

僕は吹き出した。いいよ、と答えて駒沢通りの中央へ歩み寄った。三回連続よ、僕の後ろ姿に声をかけたアイダに、かぶっていたセブンティシクサーズの帽子を抛《ほう》り投げた。

坂の上の信号が赤になった。僕は助走をつけて、トンボ返り連続三回を見事にキメてみせた。途中、タクシーとクリーム色のベンツが、クラクションを鳴らしながら僕のすぐ脇を通り過ぎた。

僕は手の汚れをはたいて落としながら、アイダのところへ戻った。ピンクに染まったままのアイダは、大きな目をもっと大きく見開いていた。

ネオンに透けるアイダは、放っておいたらそのままピンクの光の中に吸いこまれていきそうな感じがした。僕は彼女が怖がっているものと僕が誤魔化しているものを思い、わけがわからなくなってアイダに体あたりした。アイダはよろけて二、三歩後ろに退《さ》がり、そしていきなり僕に抱きついた。

二十歳になったら……。僕の中でわだかまっていた彼女のことばが不意に胸をついた。

僕はその先はどうしても言わせてはならないような気がして、彼女の顔を引き寄せた。

——今度はさ。

——なに？

——今度は、アイダが僕の言うこときかなくちゃいけないんだぜ。

——トンボ返りは無理だわ。

——そうじゃないよ。

——じゃあ何？

——道路の真ん中で、キスしよう。

アイダは僕の胸の中で小さな笑い声をたてた。僕はアイダの手を引いて、通りの真ん中へもう一度出て行った。そうして僕たちは、駒沢通りのど真ん中で、長いキスをした。横を通り過ぎる数台の車がスピードを落とすのがわかった。

僕はそのとき、すべてどうでもいいと思えた。二十歳になったら、の続きも、確実に過ぎていく時間も、考えなくてはいけないムズカシイことはすべてやり過ごせるような気がした。

――ふりじゃなく、楽しかった？

アイダは僕の問いに上目づかいで僕を見て、何か言いかけて口を開いた。けれどすぐに下を向き、小さな声でそうね、と言った。

そのとき彼女が何を言おうとしたのか、僕は今もわからない。そのときの僕は、ほんとうのアイダをまた取り逃がしたことに、気付くことができなかった。

その翌日、アイダは約束の場所にあらわれなかった。二時間待っても三時間待っても来なかった。僕はアイダからの連絡を待った。けれど電話はかかってこなかった。そうしてふと考えてみると、僕は彼女の電話番号も住んでいる所も、名前すら知らないのだった。

僕は必死になってアイダの行方をたずね求めた。ＣＪに訊いた。〝デポ〟と、彼女がよく顔を出していたという〝Ｐ〟には毎日通いつめた。それでも彼女がどこへ行ってしまったのかはわからなかった。店にいる連中は、みんなアイダを知っていたが、彼女の行方を訊《たず》ねると一様に首を振るのだった。

あたしがいなくなっても、誰も気付かないかも知れない。――アイダの残したことばが、警報のように僕の頭に鳴り響いた。

だって、こんなのおかしいよ、変だよアイダ。ほんとうにいなくなっちゃうだなんて――。僕は信じられない思いをひきずって街を歩いた。そうしながら、彼女の言ったことをひとつひとつ注意深く手繰りよせた。いなくなって、アイダのことばは一層の重みをもって僕を襲った。

失意のうちに秋が訪れた。空がすとんと抜けたように高くなり、学校がはじまった。アイダはきっと、また眉《まゆ》をひそめて険しい顔をするだろう。僕は依然として姑息なまだ。語学の授業の出席を計算しながら、毎日学校に通っている。

街へ出れば、相も変わらず見慣れた顔ぶれにでくわす。僕は彼らとことばを交わすことで、以前と変わらぬ僕を見つける。けれどそのように思えるのは、彼らと一緒に僕自身も少しずつ変化しているからなのかも知れない。

夏にアイダが坐《すわ》っていたスツールに腰かけ、脚を組んで、あのときのアイダのようにビールを飲んでいると、〝デポ〟の窓から秋の陽が射しこんで僕の頬を照らした。柔らかみを増した秋の光の中にいると、夏のあいだのすべてのことが夢だったように思われてくる。それでも僕の中には確かにアイダの残骸《ざんがい》がいる。それは割れてしまったガラスの破片のようだ。

——二十歳になったら……。

その続きを言ってしまうかどうかを、僕は思い悩む。

「よう」

めずらしくひとりで来たらしいＣＪが、僕の肩を叩いた。

「元気ないな」

「そんなことないよ」

夏のあいだにＣＪは随分と陽に灼《や》けた。ＣＪは黒い顔を僕に向けて、夏に起こったいろいろなことを話しはじめた。遊び仲間たちの目に浮かぶような馬鹿《ばか》さわぎぶりは、今の僕にはなんとなく白々しかった。

「こんなことやってられンのも今のうちだからさ……」

最後にＣＪがぽつりと言った。僕はにやっと笑ってＣＪの顔を見た。

「ずるいンだな」

ＣＪは僕のことばにクックッと笑って頷《うなず》き、そうして言った。

「いけないかな」

「いや……」

僕はひと呼吸おいてから、アイダがいなくなってからずっと考えていたことを言った。

「誤魔化し続けていくのだって簡単なことじゃないさ」

ＣＪは笑うのをやめて、今度は真面目《まじめ》な顔で頷いた。

時間は放っておいても過ぎていくものだ。自分を気にしすぎれば、時間の経つ速さは確かに怖い。どこで区切りをつければいいのか僕にだってわからないけれど、とりあえず今は、時間に身を委《ゆだ》ねているしかないような気がする。

僕は何度となく反芻《はんすう》したアイダのことばを、ＣＪに投げかけてみた。

「二十歳になったらさ」

ＣＪは僕のほうをちらりと見て、それから口唇に人差指をあてた。僕はふと笑って下を向いた。

——そうだね、アイダ。二十歳になったら、何をやってもフツウのことになっちゃうよ。

心で呟いたのと同時に胸に走った痛みを押さえ、僕は自分の中にある破片に話しかけた。——でも怖がることはなかったんだよ。君は自分を気にしすぎたんだ。

窓の下の通りを行く車は、冬に向かって走っている。今、彼女に会えたなら、この数ケ月間に考え続けていたことを僕は伝えられるだろう。

だから僕はアイダを探している。アイダが何処《どこ》へ行ったのか、誰か教えてくれないか。話したいことがあるんだ。

イアリング

佐藤正午

さとう・しょうご

佐世保市生まれ。1983年『永遠の1/2』ですばる文学賞を受賞しデビュー。著書に『彼女について知ることのすべて』『取り扱い注意』『バニシング・ポイント』『Y』『ジャンプ』『象を洗う』などがある。

昼間、仕事部屋の模様替えをしていると電話が鳴った。

電話は広辞苑《こうじえん》の上に載っている。広辞苑は床の上にじかに置いてある。その横には電気スタンドとペン立てと万年筆のインクと灰皿と煙草《たばこ》とライターとコーヒー・カップと文鎮と小型の辞典類と五十枚つづりの原稿用紙と読みかけの文庫本と日記帳と貸ビデオ屋の会員証が、重なったり傾いたりして並んでいる。模様替えといっても机の向きをなおすだけなのだが、机を移動させるためにはふだんその上に載っているものをいったん床へ降ろさなければならない。電話から会員証まで（広辞苑は除いて）ぜんぶそうだ。

電話が鳴ったときはちょうど机を新しい位置に据え、抜いていた抽出《ひきだ》しを収めている最中だった。ぼくはいちばん下の抽出しを両手に抱えてしばらくためらっていた。

編集者と話しこむ気分ではない。締切りが近いのにまだ一行も書けていないのだ。しかし呼び出し音は十回数えても鳴り止まなかった。広辞苑の前にあぐらをかいて受話器をそっと取りあげてみた。抽出しは膝《ひざ》の上に載せて右手で押えている。男の声がぼくの左耳に訊《たず》ねた。

「書いてるか？」

一つ年下の飲み友だちの声だった。ぼくの短編小説の読者にはおなじみだが、念のために補足すると、彼はぼくと高校が同窓で、ぼくと同じく独身で、洋品店の次男坊で、父親から女性服専門の店を任されていて、ガールフレンドが三人いて、呼び出し音を十回も二十回も鳴らして待てるような悠長な感覚の持主である。ぼくは応えた。

「なんだおまえか」

「誰か色っぽいあてがあった？」

「………」

「そのわりには電話に出るのが遅かったもんな。編集者だろ。きっとまた締切り前になってあわててるんだろ」

「用があるなら手短かに話せ」

「やっぱりな」

「忙しいんだから切るぞ」

「いい話なんだけどなあ、小説のネタになりそうな。でも仕事じゃ邪魔しちゃ悪いからな。うん、こんどにしよう。残念だけど」

ぼくは何も載っていない机を眺めやって、ためいきをついた。

「待てよ」

「しかし惜しいなあ」

「ちょっと待て。じつはその……、いま小説を書いてるってわけでもない」

「ほう？」

「ウォーミング・アップだ、例の。仕事に気が乗らないんだ」

「それでいま何してる。読書？　ビデオ？」

「もっと先」

「もっと先って？」

「ほんとはいま机のいちばん下の抽出しを抱えて喋《しゃべ》ってるんだ」

「……なるほど」

「わかるか？」

「最後の手段だな」

「そうだ」

ここで友人が口にした最後の手段とは次のような意味である。

仕事に気が乗らないとき、ぼくはまず気分転換のために酒を飲みに出かけることにしている。一晩じゅう飲んで酔っぱらって女の子を口説いて袖《そで》にされて管《くだ》を巻いて寝てしまえば翌朝、あらたな気分で机に向えるというわけだ。実際にこれはぼくの経験からいって最も効果的な方法なのだが、残念ながら昼間は採用することができない。たとえ夜でも、酒を飲むための金に不自由しているときがままある。その場合は次善の策として、本を読んで気をまぎらわせたり刺激を得たりすることにしている。小説書きを仕事にしているくらいだから、もともとぼくは読書好きの人間なのだ。ところが、どんな本を開いてみても目方を重く感じるときがある。読点の打ちどころばかり気になって、同じ頁《ページ》を十分も二十分もさまようことがある。そういうときは読書を諦《あきら》めて、近所の貸ビデオ屋をのぞきアメリカか日本の映画を借りてくることにしている。新作が貸出中で古い映画がただ古くさく思えるときには手ぶらで戻り、知り合いの女の子に電話をかけることにしている。知り合いの女の子にかたっぱしから電話をかけても（よくある話だが）不在か話し中のときは、むかしの日記を読む。無造作に開いた頁を読んで顔から火が出るようなときは、しょうがないから掃除機を持ち出してくる。バケツに雑巾《ぞうきん》も用意して仕事部屋の模様替えである。とにかく机の位置を替える。気分一新。明窓浄机《めいそうじょうき》。昼間だろうが夜中だろうが明け方だろうがかまわない。これがつまり最後の手段だ。

「何回めだ？　その最後の手段は」

「今年になってからは三回め」

「小説家って商売もなかなか大変だな。もし効果がなかったらどうする。また机を動かすのか？　いっそのこと台所にでも運んでみたらどうだ」

ひとしきり自分の冗談に笑いこけたあとで、友人は急に口調を改めた。たぶんぼくが黙りこんでいるので気がひけたのだろう。

「よかったら今夜、一緒に飲みに出ないか。もちろんおれがおごる。おまえの気分転換にもなるし、な？　一晩ぱっと飲んで明日また机を動かせばいい」

ぼくは黙ったまま膝の上の抽出しを脇《わき》へ退《ど》け、煙草の箱に手を伸した。友人の声が心配そうに訊ねた。

「何やってるんだ?」

「抽出しを膝からおろして、煙草を口にくわえて、ライターを右手に持った。これから火をつける」

「……それで?」

「そりゃ飲みに出るのはいいけどな」ぼくは煙草に火をつけてから言った。「おまえのおごりというのが気にかかる。どうせ条件付きなんだろう」

「条件なんて、ないよ、そんなもの」

「へえ」

「ただ、ある店でおれのことをおまえが持ちあげてくれるとおれは嬉《うれ》しい」

「………」

「ママの他に女の子が二人いて、一人は年が19でふっくらしてるからおまえ好みだ」

「もう一人は」

「最近うちの店でよく服を買ってくれる」

「だったら割引するか靴下でもおまけに付けろよ。おれがわざわざ持ちあげることもないだろ」

「うちの店には靴下なんて置いてない」

「……」

「それにおれのめあてはママなんだ。ママといってもまだ若いけどな。26で、もとは美容師。六年前、客の頭をシャンプーしてた女の子がいまではスナックのママに華麗な転身をとげている。どうだ?」

「スナックのママが華麗か?」

「おれ好みの華麗さはある。シャンプーと掃除ばかりさせられたというわりには指もほっそりしてきれいだし」

「それが小説のネタになりそうないい話というなら、あいにくだけどおれはもと砲丸投げの国体選手だったスナックのママを知ってる」

「あのな、彼女はおまえの昔の知りあいなんだぞ。六年前だ。思い出さないか? おまえがそのころ住んでいたアパートの向いの部屋」

「……?」

「美容師の女の子が二人で借りてただろ。そのうちの一人が彼女なんだ。ゆうべ店がはねてから彼女を誘っておじやを食いに行ったんだけど、そのときおれが友人に小説家がいるって話をしたら、彼女が、ひょっとしたらそれはあたしの知ってる人かもしれないって言ったんだ。まちがいないよ。この街で小説を書いてるような呑気《のんき》な男はおまえしかいないからな。しめたとおれは思ったね。おまえ今夜、昔話をしながらついでにいいからおれのことをちょっとほめろ」

それから友人は、自分のことをどんなふうにほめて欲しいかについて喋り出した。ぼくは聞き流しながら煙草を灰皿に押しつけ、そばに置いた抽出しをながめた。

ぼくの机のいちばん下の抽出しにはいろんながらくたが詰っている。他人から見れば、いつ捨ててもかまわないような代物ばかりだ。たとえば芯《しん》の折れた赤鉛筆、ちびた消しゴム、錆《さ》びついたナイフ、飲み屋のマッチ、ゲームセンターのコイン、ホテルの領収書、使えないキャッシュ・カード、新聞記事の切り抜き、映画館でもらったバッジ、百円札、コンサートのチケットの半券、何枚かの名刺、コンドームの空箱、はずれた宝くじ、御守り、単行本の帯、ボーリングのスコアを記した紙きれ、干からびた朱肉、色つきの輪ゴム、古いバースデイ・カード、角のすりきれた住所録、泌尿器科の袋に入った試験管(これはいま電話をかけている友人の忘れ物だ)、何の薬だかわからない茶いろの錠剤、オセロ・ゲームの駒《こま》。むかし交際していた女性の置手紙（「十時まで待ったけど帰ります。電話が五回も六回もかかりました。出ない方がいいと思ったので黙って聞いていました」）、コンタクト・レンズの洗浄液、石油ストーブの取扱い説明書、緑いろのボタンが二個、赤い柄の歯ブラシが一本……さしあたり必要のない物を何でもかんでも机のいちばん下の抽出しにしまいこむのは、小説を書き出した学生時代からの癖なのだが、いまでもなおらない。引越しのたびにその中の幾つかは処分してしまおうと思いながら、決心がつかずについついぜんぶ運んできてしまう。だから抽出しの中身は年とともに増える一方である。友人の声がうながした。

「おい、聞いてるのか？」

ぼくは片手で抽出しの中を探りながら訊ねた。

「そのママの髪型はどうだ、長い方か短い方か」

「長いけど、ゆうべは後ろで結って止めてた。襟足が色っぽい。どうする、一緒に行って昔話をしてみるか？　それとも」

「行くよ。机を台所に移すのは明日にしよう」

「じゃあいつもの鮨屋《すしや》で八時に……何をごそごそやってるんだ？」

「探し物をしてる。抽出しの中にイアリングが片方だけ入ってたはずなんだ」

「イアリング？」

「ああ、美容師時代のママの落し物だ」

＊

六年前ぼくが住んでいたアパートは三階建ての、各階に部屋が二つずつしかない小ぢんまりした建物だった。ただ、本通りから少し入った路地に面していて、付近には木造の二階家が並んでいたから、その中では白塗りのコンクリートの三階建てはいささか目立つ存在だったともいえる。すぐ隣がアパートの持主でもある米屋で、その隣が染物屋で、もっと奥へ路地を入ると「大人のおもちゃ屋」という看板をかかげた店もあった。

三階の階段に近い方の部屋がぼくの住居だった。階段をのぼりきったすぐ左手にクリームいろのドアがある。それから四五メートル廊下を隔てて正面にもう一つの部屋のドアが向い合っていた。確かに、ドアの位置からすれば二つの部屋は向い合っているのだが、実際にはアパートを縦半分に切るとちょうど左右対称になるようなつくりだった。だから当時そこに住んでいた者の感覚としては、おむかいというよりもむしろお隣さんといった方が正確なような気がする。

隣に女の子の二人組が越してきたのはその年の春だった。桜餅《さくらもち》を持って引っ越しの挨拶《あいさつ》に来てくれたのを憶《おぼ》えている。ドア・チャイムを押したのは髪の短い、顔つきも体つきもほっそりした女の子で、一週間前から友だちと二人で住んでいるのだと言った。それでやっとぼくは隣の住人が新しくなったことに気づいたような具合だった。一日じゅう小説書きに夢中で、他のことまで気がまわらなかったのである。彼女が帰ったあと、スーパーへ食料品の買い出しにいくついでに見てみると、なるほど向いのドアの表札には（表札といってもブリキの枠に白い紙をはめこんだだけのものだが）女性の名前が二つ横書きにしてあった。名字まで正確には記憶していないけれど、一人が絹代という名で、もう一人が洋子といった。しかし桜餅を持って挨拶に来た方がそのうちのどちらなのか区別はつかなかったし、二人がどんな仕事をしているのかも知らなかった。それが判《わか》ったのは夏に入ってからである。

蒸し暑い夜だった。ぼくはもちろん机に向っていた。まだ出版社から小説家として認められていなかった当時は（いま担当の編集者が聞けばきっと驚くだろうが）起きている時間のほとんどを小説書きに費していたのである。ドア・チャイムが鳴りつづけていることに気づいて、机の上に置いた腕時計に眼をやるとちょうど十時だった。風通しをよくするために部屋中の窓と、仕切りの戸と、入口のドアまで開け放してあるから、椅子《いす》に腰をあずけたまま振り返るだけで台所の四分の三ほどが見渡せる。が、玄関のあたりは死角になっていた。しかたがないので立ち上がり、首を斜めにのばしてのぞいてみると、派手なストライプのワンピースを着た女の子が見えた。眼を合せたまま、ほんの少し頭を下げてみせる。ぼくも黙って同じような仕草を返し、その日二度めに玄関まで歩いた（一度めは昼間ドアを開けて固定したときだ）。

「こんばんは」

とむこうが先にごくあたりまえの挨拶を口にして、もういちど頭を下げた。

「こんばんは」ぼくもいったんはそう言わざるを得ない。「どなた？」

「隣に住んでるものです」

それが彼女との初対面だった。春に桜餅を持ってきてくれた女の子のルームメイトなのだ。ぼくはその点を理解したうえで何の用なのか訊ねた。すると彼女は腕時計にちらりと眼を走らせてから話しはじめる。

自分の部屋に入りたいのだけれど鍵《かぎ》がないそうである。なぜ鍵がないかというと一ヵ月ほど前に失《な》くしたのだそうだ。それ以後、もう一人の方が持っている鍵を、毎朝、遅く出かける方が廊下の消火器の下に置いておく習慣になっている。合鍵を作らなければと思いながらつい面倒《めんどう》くさがって一ヵ月のあいだその方法で間に合せてきた。ところが今夜は、消火器を持ち上げてみたが鍵が見あたらない。友人が先に帰っているのかと思ったけれど、ドアは開かないし、部屋の灯《あか》りも点《つ》いていない。どうやら鍵を持ったまま外出した様子である。外出先は見当がついている。今日は水曜だから、友人は習字の稽古《けいこ》に通う日なのだ。ふだんなら九時には戻っているはずだが、習字仲間の昇段祝いか何かで酒を飲んで遅くなることもたまにあると聞いている。今夜はきっとそれだろう。ただし、遅くなるといっても十時半を過ぎることはまずあり得ない。友人はあんまり酒が好きな方ではないし、もともと生真面目《きまじめ》な性格だし、それに明日は早番で朝の八時半には店に入って掃除をしなければならない。店というのは自分たちが勤めている美容院のことだ。そういうわけだから、もうじき彼女は戻ってくると思う。それまで向うのドアが見通せるここのあがり口に腰かけて待たせてもらえないだろうか。すいませんけど。

　というような話を、必ずしも彼女は一人ですらすら喋ったわけではなかった。とくに消火器のくだりについては、ぼくが間に何度も何度も質問をはさんだ結果である。そのやりとりに五分くらいかかったと思う。話を聞き終ると、ぼくは彼女にあがって待つように勧めた。玄関のあがり口に女の子が背中を向けて十分も二十分も腰かけているというのは、想像しただけでぞっとしない。彼女の方も同じ気持だったのだろう、素直に礼を述べてから白いサンダルを脱いだ。

　テレビとテーブルしかない六畳へ案内し、机が置いてある方の部屋から扇風機を持ってきて向けてやり、もういっぺん台所へ立って、冷たい麦茶をコップに注《つ》いで運んだ。そのあとテーブルをはさんで彼女と向い合い、いったい何を喋っていいのかわからなかった。

「ではここでお待ち下さい」と小説書きに戻るのも無愛想すぎて気がひける。彼女が礼をいって麦茶をひとくち舐《な》めた。ぼくは一つだけ質問を思いついた。

「絹代さんというのはきみですか」

　女は黙ったままかぶりを振る。

「じゃあ……」

とぼくが言いかけるのを相手が遮った。

「あたし名前のことといわれるのあんまり好きじゃないの」

「どうして？」

「だって、平凡でしょ？　おもしろくもなんともないし、考えがなさすぎるわ」

「名付け親に悪いよ」

「いいの、もう死んでるから」

死んだ名付け親がいったい洋子の何にあたる人なのか、ぼくは訊ねなかった。とうぜん自分から喋ってくれると思ったのである。しかしそうではなかった。答えるべき間合いのところで彼女は顎《あご》をそらし、殺風景な部屋を見まわしてみせた。

「ねえ、少し聞いてもいい？」

「はい？」

「さっきからあたしばっかり質問されてるみたい」

「答えたくなければべつにいいんだよ」

「鍵の隠し場所を変えなきゃ」

「それより合鍵をつくった方がはやい」

「灰皿あります？」

ぼくはもう一つの部屋まで歩いて行き、机の上の灰皿を取って中身をくず籠《かご》にあけ、台所の流しできれいに洗ってから彼女の前へ戻った。

「むこうの部屋で毎日なにをしてるの？」

「……たいしたことじゃない」

「絹代といつも話してるの。会社に勤めてる風でもないし、若い男が……まだ30まえでしょ？　一日じゅう部屋にとじこもって何してるのかしらって」

「何をしてるように見える？」

「絹代はね、試験勉強だろうって言ってた」

「今日でもう27だよ」

「司法試験？」

「ちがう。きみはどう思う」

「バクダンをつくってる」

「ドアを開け放したままでかい」

「それに仲間も誰も出入りしてないものね。よくわからないわ。通ってくる女のひともいないみたいだし。ひとりぼっちでさみしくない？」

寂しくなかった。金が失くなるとアルバイトで食いつなぎながら小説を書いている男の周りには、確かに仲間は誰も寄りつこうとはしなかったし、恋人も現われる気配がなかったけれど、ぼくはいっこうにかまわなかった。少なくともその年はそんなことが苦にならなかった。輝かしい禁欲の年だ。仮りに仲間に囲まれ、恋人と一緒にいられたとしても、すでに一年以上書き継いできた長篇小説を完成できなければ、むしろぼくはその方を寂しく感じるだろう。

「小説を書いてるんだよ」

とぼくは一度うなずいたあとで正直に答えた。

「仕事なの？」

「仕事にしたいと思ってる」

「……ふーん」

と感心したような（あるいは応対に困ったような）声をあげながら、彼女は煙草の先で硝子《ガラス》の灰皿を二三度つついた。それで火は消えたようだった。ぼくは自分の分の麦茶を取りに台所まで歩き、また戻った。女はうつむき加減で両手を一方の耳もとにあてていた。しばらくすると反対側の耳に移り、テーブルの上に珊瑚《さんご》のイアリングが二つ並ぶ。それから顔をあげてぼくの視線に気づくと、驚いたような眼になった。ほんの束《つか》の間《ま》である。そのあと女は笑い出した。

「ごめんなさい」

「……？」

「ただの癖なのよ。ある人から男の前で簡単にイアリングをはずすもんじゃないと言われたことがあるの」

「ある人って？」

「ある人はある人よ。男を誘ってるみたいに見えるんですって、あたしがやると特に」

洋子はそれで笑いをおさめるようにてのひらを額にあて、長いまっすぐな髪に沿って後ろへ辷《すべ》らせた。ぼくは灰皿の中のフィルターに紅のついた吸殻に眼を落しながら、すこし顔を赤らめていたかもしれない。彼女がイアリングをはずしてみせたとき、そんな色っぽい意味について考えもしなかった自分じしんをすこし恥しがっていたからである。そのときぼくが取りくんでいた長篇小説は二十代の男女の恋愛を扱った物語だった。

「きょうが誕生日だというのはほんとなの？」

洋子が話を変えた。テーブルの上のイアリングはすでに消えている。おそらく彼女が膝の脇に置いているショルダー・バッグの中だろう。ぼくがためいきと一緒にうなずいてみせると、

「ビールでもあければいいのに」

と勧め、それから首をねじるようにして叫んだ。

「絹代！」

玄関口に裾の長いスカートをはいた女の子が現われ、おそるおそるといった感じで中を覗《のぞ》きこんだ。洋子がバッグをつかんでそちらの方へ歩いて行き、ぼくがその後を追う恰好《かっこう》になった。

「帰ってたの？」

と絹代が訊ね、

「見りゃわかるでしょ」

と洋子がサンダルに足を載せながら答えた。

「鍵がないから入れないじゃない」

「バイトは？」

と絹代がさらに訊ね、

「火木土にしてもらったって言わなかった？」

と洋子が足もとを気にしながら答える。

「待たせてもらって、麦茶をごちそうになってたの」

絹代とぼくは無言で眼を合せ、軽いおじぎを交した。サンダルを履き終えた女が二人に代わる代わる顔を向けながら説明する。

「あたしスナックでアルバイトしてるの。このひと試験勉強じゃなくて小説を書いてるのよ。絹代は本を読むのが好きなの。きょうが誕生日なんだって」

絹代はばつが悪そうな顔でぼくを見て呟《つぶや》いた。

「おめでとうございます」

「ありがとう」

「お邪魔さま。また困ったときはお願いね」

「いつでもどうぞ」

ぼくはあがり口に立ったまま、二人の女の姿が向いのドアの陰に呑《の》みこまれるまで見送ることになった。閉り際に洋子が笑顔で手を振ってみせたのが妙に印象に残っている。灰皿を持って机のある部屋に戻り、ペンを握ってみたが、その夜はいつものようにははかどらなかった。

あくる日から残暑が終るまで（つまりぼくの部屋のドアが開け放されている間）洋子とぼくの交際は続いた。交際といっても、玄関のところで彼女の呼ぶ声がすると出ていって二三分立ち話をする程度である。アルバイトからの帰りのときは彼女はいつも酔っていて、土産《みやげ》に缶ビールやハンバーガーや鮨折りを持ってきてくれる夜もあった。そのままあがりこんだことも何べんかはあったように思う。しかし最初のときと同じように、煙草を一本喫《す》っただけでじきに腰をあげて帰って行った。二人の間には、夢中になって時を忘れるような共通の話題はなかったのである。灰皿に残った口紅付きの喫殻が、深夜に小説書きを続けているぼくにとっての短い息抜きになるときもあったし、むろんそうはならない夜もあった。

秋風が立つと、当然だがぼくはドアを閉じなければならなかった。と同時に洋子との交際もあっさりとだえた。彼女としては、わざわざチャイムを鳴らしドアを開けてまでぼくと話をする気持にはなれなかったのだろう。もう一人の絹代の方とはたまに階段ですれ違って挨拶を交すこともあったけれど、洋子とは時間帯が噛《か》み合わないのかそういう機会さえなかった。夜中に机に向っていると、隣の部屋の鍵をまわす音が響きドアが閉る音が聞こえるときがあって、それで洋子がいまアルバイトから帰って来たということがわかるくらいのものだった。ぼくはまた誰ともつきあいのない一人きりの生活に戻り、原稿の枚数だけが少しずつ着実に増えていった。そんなふうにして冬が近づいていたある夜のことである。

午前二時をまわっていた。ぼくは明け方まで開いている屋台へ夜食をとりに出かけるために、あがり口に腰をおろしてバスケット・シューズの紐《ひも》を結んでいた、すると、あわただしい靴音が連らなって階段を駆け上ってくる。一つはハイヒールのようだ。そう気づいたときにはドアの向こうから男と女の押し殺した声が聞こえてきた。靴の紐を結び終り、腰をあげて、ドアの覗き穴に眼をあててみると女は洋子だった。消火器のすぐそばに、壁に背中をあずけて立っている。その横顔は何かを嫌がっているようだ。向い合った背広姿の男が彼女の手を無理矢理つかもうとして振り払われる。抱きしめようとすると彼女が顔をそむける。消火器のちょうど真上のあたりに埃《ほこり》をかぶった小さな蛍光灯が点いているだけだから、男の顔は影に入っていてはっきりとは見えなかったが、恰好から推すと三十歳より下ではないようである。ぼくは覗き穴から眼を離し、今日が何曜日だったか思い出そうとした。洋子がスナックで働く日ではないようだった。だとすれば他人の出る幕ではない。ぼくはふたたび腰をおろし、辛抱づよく待つことにした。

やがて話し声がとぎれ、どちらかがいちど洟《はな》をすすりあげ、二人分の靴音が階段を降りて行き、すべての物音がおさまった。そのあとでぼくは煙草に火をつけた。一本喫い終り、すわったままバスケット・シューズの裏で踏み消した。それからやっと立ちあがり、ドアを静かに開けて廊下へ出た。しかし落し物に気づいたのはそのときではなくて、屋台で冷や酒を三杯あおりラーメンを食べて帰ってきたときのことである。階段を上りきったぼくは自分の部屋のドア・ノブをつかむより先に、さっき二人が立っていたあたりまで歩いてみた。べつに何か意図があってそうしたわけではない。たぶん久しぶりの酒で酔っていたのだと思う。消火器を持ち上げてみたが鍵はなかった。もう合鍵はつくったのだろうか。もとの位置に戻したとき、すぐそばに光る物が眼に入った。身をかがめてよく見ると金いろの輪っかだった。指でつまみあげてもっとよく見るとイアリングだった。

「それがこのイアリングか」

と友人が掌《てのひら》の上でもてあそびながら言った。

「でもどうして彼女に返さなかったんだ？」

もっともな質問である。鮨屋からおめあてのママのスナックへ向うタクシーの中だった。ぼくはもっともな回答を探すためにしばらく黙りこんだ。しかし友人は先を急ぐ。イアリングをぼくの手に戻して、にやにや笑いながら、

「おまえ、その洋子って女に気があったんじゃないのか？」

と訊ねた。

「あったかもしれない」ぼくは正直にそして曖昧《あいまい》に認めた。なにしろ六年も昔の話である。「でもそれが理由じゃないよ。おれはそんな、好きな女のイアリングを片方だけ大事に暖めておくような趣味は持ってない。ただ、なんとなく返しそびれただけなんだ」

「どうして」

「どんな顔して返せばいい。男ともみあってて落したでしょうって言えるか？」

「だったら拾わずにそのまま置いとけよ」

「うん……」

しかしそうすべきだったと気づいたときはもう遅かったのである。翌日、いつものように正午頃めざめると、金いろのイアリングは机の上で陽射しを浴びて光っていた。直径が三センチほどもある輪の部分は一重ではなく、太めの糸を二本縒《よ》ったようにねじれている。耳にとめるネジの部分とリングをつなぐ細かいつくりの鎖は、眼をこらすと金メッキがところどころ剥《は》げているのがわかった。ぼくは机に向いイアリングを指でつまんで陽にかざしながら思った。いまさらもとの場所に戻しておくわけにはいかないだろう。ゆうべイアリングを失くしたことに気づいた女は、今朝すでに消火器のあたりを探したにちがいない。直接、洋子に会って返すか、それともこのまま知らぬふりを決めこむかのどちらかだ。

「どちらかだって悩むほどのことかよ。郵便受けの中にだって放りこめるぜ」

「そんな粋《いき》な考えは浮ばなかった」

「おれなら直接、返すね。それでまた交際のきっかけをつくる」

「おまえならやるだろうな」

「……」

「おれはあのときどうしても引っかかってたんだ。彼女が珊瑚のイアリングをはずしてみせたときに言った……」

「男をそそるっていうやつか」

「ああ。おれはぼんやり見てるだけで何も感じなかったからな。おれが何も感じなかったということには彼女も気づいてたと思う」

「それはどうかな」

「まちがいないよ。だから当時のおれは彼女の相手じゃなかった。そんな男が小説を書いてるってきっと陰で笑ってたんだろ。そこへこんどはのこのこイアリングを返しにいったら、何て思われるか」

友人が窓の外の景色に眼をやって鼻を鳴らした。ぼくは苦笑いを浮べ、イアリングをジャンパーの内ポケットに辷りこませた。

「でもそれも六年前の話だ。いまはもう笑い話だからな。今夜、彼女に会ったらこれを返すよ。なんだったら交際のきっかけにして、おまえと張り合ってもいい」

友人がもういちど鼻を鳴らしてぼくを振り向いた。

「あきれたね、おれは」

「うん？　心配になったか？」

「おまえはおれとは張り合えないよ。だいいちそのイアリングは返せない」

「どういう意味だ」

「前から思ってたけど、おまえの欠点はその思いこみだな、思いこみが強すぎる。きっと職業病だろう」

「……？」

「現実は恋愛小説を書くみたいにいかないと言ってるんだよ。おまえのイメージ通りに話が進んでたまるか。いいか、これからいく店はシルクっていうんだ、シルク、わかるか？」

「………」

「ママの名前はな、洋子じゃなくて絹代だ」

ぼくが口を開けて何か言う前にタクシーが止った。

シルクという名の店は飲み屋ばかりが集っているビルの五階にあった。カウンターが中心のスナック・バーで、奥の隅の方に十人くらいは掛けられるソファが据えてある。友人は、黒い石づくりのカウンターのいちばん端の席を選んだ。何か心づもりがあるのだろう。ぼくはその隣の椅子に腰をおろした。

友人はサントリー・リザーブの水割を頼んだ。ぼくは同じものをオン・ザ・ロックにしてもらった。友人はぼくよりも酒が強いのだが、何か心づもりがあるときはいつも水割を少しずつ舐める。二人分の飲み物をつくってくれた女の子が客のところへ移動した。友人が自分のグラスをぼくのグラスに軽くあててから訊ねた。

「どうだ、見ちがえるようか？」

「まあな」

絹代ママは、カウンターの反対側のいちばん端にすわっている客の相手をしている。ほとんど三秒おきに口もとに手を添えて笑いくずれ、こちらへは見向きもしない。その客の前をいっこうに動く気配がない。ぼくは質問を返した。

「嫌われてるんじゃないのか？」

「好かれてるから、すぐには相手をしてもらえないんだよ」

「そういうもんかね」

「そういうもんだと思いこむのさ、こういうときこそ」

「………」

「見ろよ」

ママが端の客の前を離れ、まんなかあたりの客に愛想笑いをふりまきながらこちらへ歩いてきた。鮮かなグリーンのミニのワンピースを身にまとっている。

「いらっしゃいませ」

「紹介するよ」

と友人が言いかけ、

「憶えてるわ」

とママがにこやかに遮った。パッドのせいで肩幅が広く、ウエストがやけに細くしぼれて見える。右寄りで分けられた髪は肩に垂れるまで長く、きつめにウェイブがかかっている。おとなしそうな印象しかなかった二十歳の女の子の面影は、濃い化粧のどの部分に焦点を合せても浮びあがらない。このときほんの一瞬だが、ぼくは眼の前に立った女の顔に記憶の中の洋子の顔を重ね合せてみた。けれど無駄だった。少なくともこのママが洋子でないことは確かなようである。ぼくは口を開いた。

「しばらく」

「ほんとうに。六年ぶりかしら」

「どうだ？」

と友人が振り向いてもういちど訊ねた。

「別人みたいだ」

「もう階段ですれちがってもわからないでしょ」

「見合いの席で向い合ったってわからない」

女が顎をそらし口もとに手を添えて笑いくずれた。その大げさな身ぶりに見とれていると、友人の声がだしぬけに言った。

「こいつはね、ママがもう一人の洋子って子の方だと思いこんでたんだ」

「おい」

「それでわざわざ思い出のイアリングを持ってきてる」

ママが怪訝《けげん》な顔つきで二人をながめた。友人がぼくを肘《ひじ》でこづいた。ぼくはしぶしぶジャンパーの内ポケットからつまみ出し、洋子のイアリングを六年ぶりに絹代のてのひらの上に載せてやることになった。

「これが、洋子ちゃんの？」

「うん。憶えてないかな。六年前に彼女が失くしたイアリングなんだけど」

「さあ……」

とかつてのルームメイトは首をかしげ、

「本人だって忘れてるさ」

と友人が脇から茶々を入れる。

「それは本人に聞いてみないとね。でも、あの子イアリングとか指輪とかたくさん持ってたし、どうせ安物だから一つくらい落して帰ってきてもまた買えばいいって感じで」

「だろう？　イアリングなんてそんなもんだよ。とくにネジ式のやつは、強くしめると痛いし、血行が悪くなるし、ゆるめると甘くなってはずれやすい。髪をかきあげたときに落したって話もあるし、呼びかけられて振り向いただけでっていうのもある。落し物のイアリングなんて思い出話にはならないよ」

「そう言われればそうね。あたしなんか電話がかかってくるたびに自分ではずしてるわ」

「自分で？」

「受話器にあたる音が耳ざわりでしょ？　それでつい電話のそばに置き忘れたりするの。でもずいぶん何人もイアリングをした女性とおつきあいがあるみたいねえ？」

「いや、それはうちの店にもアクセサリーのコーナーがあるから」

そう言って友人がぼくの脚を蹴《け》った。ぼくはママにオン・ザ・ロックのお代りを頼み、グラスとイアリングを交換し、その後の洋子の消息を訊ねた。

「結婚したところまでしか知らないわ。アルバイト先で検事さんだか判事さんだかに見そめられてね、最初はあんまり乗り気じゃなかったんだけど。さえない男だったし、年も三十過ぎてたから。でも、あの年のクリスマスにはもうアパートを出てその男のとこで同棲《どうせい》みたいなことになってたのよ。それからあくる年に彼の転勤で横浜かどっかに引っ越して、結婚式の招待状が届いて、あたしは行けなかったからそれっきり。どうぞ」

ぼくはグラスを受け取り、イアリングをまた内ポケットにしまい、黙ってウイスキーをひとくち舐めた。

「ねえ、どこでそれを拾ったの？」

「アパートの廊下」

「……？」

「笑い話だよ」

と友人がじれったそうに口をはさんだ。それからママに向って、ぼくからの聞きかじりを話しはじめる。イアリングを拾ったいきさつ。返せなかった理由。聞いていると本当に笑い話みたいだった。ただし、ママの顔は友人が期待したほどにはほころばなかったようだが。聞き終ると、二三度うなずいたあとで、昔の隣人はこう言った。

「そのことなら憶えてるわ」

「どのこと？」

「男の前でたやすくイアリングをはずしてみせるなっていうこと。あたしが彼女に教えたんだもの。誰かの小説で読んだ受け売りだけど」

「……そう」

「でも彼女は本気で気にしてたわけじゃないわよ。かえって、何ていうか、男のひとといるときには面白がって……」

「……はずしてみせることがあった？」

「ええ、あったと思うわ」

「効果を確かめるために」

「そういうことね」

そこでママはやっと笑顔になった。

「つまりあたしがいまここにいるのはイアリングのおかげということになるわけ」

ぼくより先に友人が聞き咎《とがめ》めた。

「どういう意味？」

「だってあたしは彼女がやめる代りに紹介されてスナックに勤め始めたんだもの。彼女が同棲も結婚もしなかったら、きっとあたしはあのまま美容師かお習字の先生にでもなってたと思うわ」

こんどはぼくが先だった。

「それはつまり、彼女がその検事だか判事だかの前でもイアリングをはずしてみせたという意味？」

「最初はね。それがきっかけよ。自分でそう言ってたから」

「その気もないのにただ面白がってかい」

「どこまでその気がなかったかはあたしにはわからないけど」

ぼくは椅子の背にもたれかかってため息をついた。友人が笑いながら、水割のグラスをこちらに向って揺らしてみせた。

「そりゃ眼の前でイアリングをはずすのを見せられたら誰だってゾクッとくるよ。口説きたくなる。その気があるんだろうと思うよな。思わないのはこのぼんくらくらいで」

「………」

「あら、でも麦茶を飲んでるときにいきなりはずされてもねえ。お酒だったら別でしょうけど」

「酒を飲んでても同じだって。こいつはいつも一人になってからいろいろ思いこむんだから。まったく頓馬《とんま》な小説家だ。思いこむひまに取材しろよ。このママには六年の間にいろんな波乱があったはずなんだから。それをじっくり聞き出しておれにも教えろ」

女がまた例の大げさな身ぶりで笑ってみせる。ぼくはオン・ザ・ロックのグラスの縁を噛みながら少し思い出した。あの年の終りごろ、隣の部屋には若い男が通ってきていた。それは洋子ではなく絹代の恋人だったわけである。それから、年が明けてまもなく、隣の住人はふたたび新しく入れ替った。そのときぼくはどんなふうな感想を持っただろうか。階段で何べんか若い男と行き合せたとき。見知らぬ住人が引っ越しの挨拶に部屋を訪れたとき。しかしそこまでは思い出せなかった。六年の間にはママにも、友人にも、むろんぼくにもいろんな波乱があったはずだからである。友人の声が、ところでママはどうなのかと訊ねた。

「何回くらいその手を使った？」

「その手？」

「イアリングをはずしてみせる」

「そんなことしないわよ」

「一回も？」

「そうねえ、そういわれると……」

女は首を右に傾けて考える仕草になった。傾けた方の耳に、ハート型にくりぬいたイアリングがぶらさがっている。枠に埋め込んであるのはダイヤだろうかガラス玉だろうか。ぼくは眼をこらした。そのとき女の子の声が、ママに電話がかかっていると告げた。ごめんなさい、とママはぼくたち二人に笑いかけ、その場で右耳のイアリングをはずしてみせると、電話に出るためにカウンターの向う端へ歩いていった。

*

そのあとスナックをもう一軒まわり、それから一人になって（友人は絹代ママと食事に行く約束ができていたのでまたシルクへ戻ったのである）、屋台に寄り、おでんをさかなに冷酒を二杯飲んで、アパートへ戻ったのは午前二時近かった。

ふだんなら、それだけ飲めばそのまま歯もみがかずに寝てしまうところである。しかし今夜はなかなか酔いがまわらなかった。新しい場所に置き換えた机に向い、耳をすますと表通りを走る車の音まで聞きとることができる。ぼくはイアリングをポケットから出して机の上に置き、ジャンパーを脱ぎ捨て、電気スタンドの灯りを点けた。机の左側にはくず籠がある。いちばん下の抽出しは右側である。ぼくは椅子に腰かけ、イアリングをつまみ、ほんの少しためらったあとで抽出しを開けた。

赤鉛筆や、ナイフや、マッチ箱や、古い名刺や、御守りや……そんながらくたの山を眺めおろしながら、いつものようにぼくは思った。それらの一つ一つにこもっている思い出をぼくは捨てきれないでいるのだと。片方だけのイアリングを六年間、抽出しにしまっておいたのも結局はそのためだ。それが他人から見れば笑い話にすぎないような種類のものでも、ぼくは一つ一つにまつわる小さな思い出に未練を抱きつづけている。こんなことを言うと、いい年をした男がみっともないときっと思われるにちがいない。確かに、ぼくはセンチメンタルで未練たらしい三十男である。それは認める。しかし同時に、小説を書くことがぼくの仕事でもある。それがどうしたと言われるかも知れないけれど、その辺のぼくの気持についてはあるイギリスの作家が代弁してくれることになる。彼はこんなふうに書いている。

「小説家の倹約ぶりは、いささか注意深い主婦のそれに似ている。いつか役立ちそうなものは何でも棄《す》てたがらない」

というわけだ。そういうわけでぼくは感傷家であると同時に小説家である。イアリングをつまんだ指は、やはりくず籠ではなく開いた抽出しの真上で放そう。そして思い切りよく閉める。ひととき感傷にひたったあと、ぼくにできることは一つだけ。さっそく万年筆にインクを詰めなければならない。

チェルノディルカ

島田雅彦

しまだ・まさひこ

東京都生まれ。1983年、東京外国語大学在学中に『優しいサヨクのための嬉遊曲』でデビュー。84年『夢遊王国のための音楽』で野間文芸新人賞、92年『彼岸先生』で泉鏡花文学賞を受賞。著書に『忘れられた帝国』『彗星の住人』『楽しいナショナリズム』『美しい魂』『エトロフの恋』などがある。

白夜の太陽は決して高いところには上らない。空の低いところを夢遊病者のようにウロウロしている。肌を焦がすほど強くは輝かない代わりにいつまでも人を寝かせない。あたかも時間が午後五時で止まってしまったかのように、黄昏《たそがれ》が永遠に続く。かと思うと、いつの間にか太陽はくるりと東側に回っていて、黄昏は朝やけにすり変わっている。太陽に飢える吸血鬼たちは冬のあいだに患った病気——憂鬱症《ゆううつしょう》とビタミン不足——を白夜の季節に癒《いや》す。一方、血に飢える本来の吸血鬼の商売は上ったりだ。夜を怖れる子供も睡魔に誘拐されるまで太陽の下で遊んでいる。

レニングラードでは白夜の季節にも雪が降る。寝呆《ねぼ》けたような太陽の熱にも溶かされない雪より軽い雪が。その雪は、晴れていようと、雨が降っていようとお構いなしに降り続ける。暑くても、寒くても、降る季節には降る。一体どんな雪か正体を暴いてやろうと、自分の方にめがけて飛んでくるそれを掴《つか》もうとする。しかし、掌《てのひら》には何も残らない。風と一体になって、指のあいだをすり抜ける。その雪は地面に落ちるまで長いあいだ空中で踊る。いや、踊っているのは雪ではなく、風だ。雪は踊る風が着るドレスのようなものだ。

実は雪と見えるものは泥やなぎの綿毛で、白夜の季節に、発情した種を遠くの恋人のもとへ運ぶ翼なのだ。綿毛の雪は運河や水溜《みずた》まりに落ちると、水面に産毛を生やし、地面に積もると、黒い毛玉になって風下に勢いよく転がってゆく。旅行者は目や口、鼻に綿毛が入らないよう、いつも息が顔にかかるように不自然な呼吸をしなければならない。それが嫌なら、いつも手をワイパーのように動かしていなければならない。特に木の下は風がため息をつくたびに吹雪になるので、顔をおおって足早に通り過ぎなくてはいけない。

けれども、レニングラードっ子はこの雪に慣れている。立ち止まらずに颯爽《さっそう》と歩けば、その風圧で雪の方が逃げてくれることを知っているのだ。

ルミがレニングラードを訪れたのは二度目で、前に来たのは大学二年の頃だった。街は七年前と全く変わっていなかった。老朽化したビルの石のブロックや彫像が時々、舗道に降ってくるので、なるべく建物から離れて歩くようにとこの街に住む友達エミが教えてくれた。エミがいうには、あと五六年もすれば、レニングラード中の古い建物は全て風化して廃墟《はいきょ》になるそうだ。

――ドストエフスキーが住んでいたアパートやラスコーリニコフに殺された金貸しの老婆の家を見るなら今のうちよ。

東京は五六年で約十五パーセントの建物は建て替えられるそうだから、三十年もしたら今ある東京の姿は九十パーセント変わっている計算になる。ルミはエミの案内でドストエフスキーの登場人物たちゆかりの界隈《かいわい》を散歩した。ニコライ一世の時代そのままに建物が残っているうえ、黒ずんだ壁やすり減った階段に何日も入浴していない人の体臭が染み込んでいた。昔は下水も完備していなかったし、ネヴァ川はよく氾濫《はんらん》したので、もっとひどい臭《にお》いだったはず。臭いが薄まったとはいえ、百五十年間の生活の臭いが地層になっているようで、ルミは終始ハンカチで鼻をおおっていた。無臭に馴《な》れ過ぎた彼女は〝人間臭さ〟に過敏で、壁に染みついた臭いから、つい胃液とか血とか精液のような人間の体から出るヌルヌルしたものを想像してしまうのだ。

――いまだにこの界隈ではドストエフスキーの作品から飛び出してきたような人に出《で》

喰《く》わしたりするのよ。

ラスコーリニコフが大地にキスしたセンナヤ広場《ほしくさ》に向う途中、エミはポツリといった。ちょうどその時、髭《ひげ》を伸ばし放題にしたおかっぱの中年男とすれ違おうとしていた。男は忘れ物を取りに戻るかのように二人の前に立ちはだかり、何かいいたげな顔をこちらに向けた。少し遅れてアンモニア臭が鼻を刺した。

――浮浪者に用はないわ。

エミは露骨に顔をしかめ、男を迂回《うかい》して先に進もうとした。男はひざを曲げ、両手を額に当て、眉毛《まゆげ》を下げ、媚《こ》びを売った。

――シトー・ヂェーラエチェ《なにしてるんです》？

ルミは片言のロシア語でたずねた。かかしのようなその男はすり切れたジーンズからひざをのぞかせ、伸び切ったセーターをかぶっていた。足元を見ると、古タイヤを切って作ったサンダルを履いていた。

――放っておきなさいよ。お金せびられるわよ。

男の悪臭は百五十年前の壁といい勝負だった。ルミは「ダ・スビダーニャ」といって、足早に立ち去ろうとすると、男がロシア語で叫んだ。「神を信じなさい。私は神の代理なんだよ」

――本当にドストエフスキーの小説から登場人物が飛び出してきちゃったじゃない。

ルミは笑いながらいった。男はしつこく、片脚を引きずりながら二人を追ってくる。そして、さっきと同じ文句を投げかけてくる。二人声をそろえて「ニエット！《しんじないわ》」と叫びながら小走りし、何とかやり過ごした。

――ヘアスタイルとかロシア正教の修道僧みたいだったわね。髭も伸ばし放題だったし。

――修道僧が落ちぶれて浮浪者になったってわけ？　よくある話なの？

ルミの質問にエミは爆笑し、「勝手に修道僧になってるんじゃないの」と答えた。「最近、ロシアでは太鼓たたいて踊るやかましい宗教団体も進出してきたのよ。この国はまだ神も解禁したばかりだから、今後、方々からいろんな神を売り込みにやってくるんじゃないかな」

――いい商売になるの？

――さあ、手に取ってみることができないものは売れないでしょうね。ロシア人は魂を大事にするから、決して売り買いはしない。ここの人はあるものを売ればそれで商売だと思ってるのよ。金やダイヤモンドにしても、毛皮や木材にしてもさ。春を売る人もたくさんいる。モスクワの家出少女は五ドルだって。売るものがなくなったらどうするのかしら。その時が来たら、もう国を売ってもお金にはならないんじゃない。商売って、ないものに価値をつけて売ることでしょ。ソ連の人は資本主義のシの字も知らないからな。

――魂に値段をつけるのが資本主義なの？

――ロシア人がいうには、資本主義国の人はお金に魂を売った連中なんだって。

――あの浮浪者もそう思ってるのかな。

――思わせときゃいいじゃない。

「私は神の代理なんだよ」なる言葉のせいで、とんだ議論を交わすことになってしまった。

エミは国費留学生としてソ連から毎月二百ルーブルを支給されていたが、実質、二重通貨制のこの国では何たってドルが強い。ドルさえあれば、欲しいものが手に入るが、ルーブルのみで暮すなら、修道女並みの質素な生活を強いられる。東京での生活に馴れ過ぎたエミは美容院に行くのに夜行列車に乗り、国境を越えヘルシンキまで出掛ける優雅な外貨生活者だった。好きでレニングラードに暮らしているんだから文句はないといいながら、ドルがなければマールボロ一本も吸えないし、ハイネケン一口も飲めないとこぼした。

ルミは三ヵ月は東京に戻らないつもりで旅に出た。今の恋人と別れるにはそのくらいの期間が必要だと計算したのだ。一応、ロシアやヨーロッパの各地にいる友達を訪ね、二週間ずつくらい滞在するつもりだった。恋人はルミを追い掛けてくるかも知れない。そして、「ぼくが悪かった。不満があるならいってくれ」とか何とかいうだろう。ルミは恋人のそういう善良さにうんざりしていた。恋愛において、彼は優等生だった。ルミの女友達は誰も彼のことを悪くいわなかった。それなりの情熱でもってセックスにも会話にも臨んでいたし、いつでも彼女を賞《ほ》めそやすことを忘れなかった。決して失礼なことはしないよう心がけているようだったし、これまでどんな局面でも頼りがいのある男として自分をアピールすることに成功していた。ある時期からルミは彼が自分の予想を裏切る意外な言動を起こしてくれることを期待するようになった。例えば、食事中に突然、目の色が変わって砂漠の生活について話を始めるとか、そう、正常位のセックスの途中で彼女をひもで縛って置き去りにしてゆくとか……。あいにく、彼は退屈な紳士であることをやめなかったので、最近では彼との関係は悪循環を繰り返すことになると感じていた。

旅行に出る一ヵ月ほど前、ルミはあまり気の進まないデートの折、結婚の話を持ち出されて、ため息をついた。これ以上、彼の重力圏内にとどまりたくないと思った。彼の道徳にひとたび屈服したら、時間は先に進まなくなる。地球のまわりを好きでもないのに回る月のように、自分の生活は同じところを一定の周期でクルクル回ることになる。その前に自分の道徳、自分の重力を彼につきつけてやらなくては。

彼にとっては寝耳に水だった。二人は当然、結婚するものと思い込んでいたのに、ルミは「あたし、自分のために悪女になるわ。ごめんなさい」と最後のデートで宣言するや、東京を去ってしまったのだから。

その夜もよく眠れなかった。カーテンの合わせ目からせっかちな朝日が容赦なく入ってきて、閉じたまぶたに照りつけるのだ。真赤に塗られた壁を見ているように、興奮して深い眠りにつけない。おまけに断続的にいくつも夢を見る。ナイフが自分めがけて飛んでくる夢から目覚めると、今度は白夜の日光が目に突き刺さってくる。ルミはその日、ベッドの上で空耳を聞いた。誰かが「神を信じるか?」とたずねる。彼女はこう答えた。

――神がいなくても、私は別に困らない。

すっかり目覚めて、洗面所に行き、便座に腰かけると、空耳の答えにつけ加えた。

――それより新しい恋人が欲しい。

階下のレストランで、白身ごと殻がむけてしまうゆで玉子を食べながら、お茶を飲んでいると、英語で向いの席は空いているかとたずねられた。「どうぞ」といって相手の顔をチラリと見た。「ケーリー・グラントとウッディ・アレンを足して二で割ったような男」とルミは思った。

――どちらから?　日本人ですか?

人なつこそうな笑顔で男は話しかけてくる。ルミはうなずき、「あなたは?」と問う。

――ぼくはロシアに住んでます。ロシア人ではありませんがね。父はポーランド人なんです。ぼくは少し日本語を話せるんですよ。

男は自己紹介を日本語に切り換えてみせた。

――ぼくの名前はサムソン。宇宙論を研究しています。今はモスクワ大学の大学院生です。あなたは宇宙に興味がありますか？

――宇宙より日常生活の興味の方が強いけれど。

サムソンはニヤリと笑って、今度は英語で「宇宙の見方が変われば、日常生活も自《おの》ずと変わりますよ」といった。ルミは何となく、英語・日本語の混じった会話に乗せられ、自分のことも話す羽目になった。かれこれ三十分くらい話をし、中心から百キロほど郊外にあるサムソンの実家を訪ねる約束を交わしてしまった。

――大都市を三十キロも離れたら、そこは別世界ですよ。何もモスクワやレニングラードだけがロシアじゃありませんからね。是非、田舎《いなか》の生活も見に来たらいいよ。面《おも》白《しろ》い人たちがたくさんいるから。

サムソンはルミの好奇心を巧みにそそった。そこはチェルノディルカと呼ばれる古い町だった。

三日後、サムソンはルミが泊まっているホテルに車で迎えに来た。同じ町に住む友達と偶然、冬宮広場で出喰わしたので、彼の車でチェルノディルカまで送ってもらうというのだ。サムソンの友達はコースチャといって、町の図書館の司書だそうだ。自己紹介の時、彼はひざを曲げ、両手を額にあてるしぐさをしてから、握手を求めてきた。

車を手に入れるのに何年も耐乏生活をしなければならないこの国で、一介の司書のコースチャは日本製の〝外車〟を優雅に乗り回していた。横浜にたびたび寄港する船乗りの友達がスクラップ寸前の車を買い、オデッサ行きの貨物船に積み込み、輸送しているのだという。個人貿易というやつだ。

車中でコースチャは〝チェルノディルカの歌〟を披露した。

遠くて近く、古くて新しい
旅する者の憧《あこが》れの町
チェルノディルカは奇蹟《きせき》の町だ
チェルノディルカは世界の首都だ
市民は陽気でもてなし上手
出たり入ったり、入ったり出たり
チェルノディルカは世界の窓だ
隣りはアメリカ、向いはヨーロッパ
池の向うはアラブで

森を越えるとアジアに行ける
市民は愉快で退屈知らず
君の魂を探しにおいで

この詩はチェルノディルカ出身の詩人ロマノフが書いたものだとサムソンはいった。ルミは眉唾《まゆつば》ものだと思いながら、うなずいていた。解説に続けてサムソンはこんな話をした。

――実はね、ぼくの親父はチェルノディルカでは陰の町長と呼ばれてるんです。名目上の町長がだらしない奴《やつ》でね。みんな奴のことを無能だとわかってて、何もいわないんです。あいつの遠い先祖はエカテリーナ二世にうまく取り入った貴族のポチョムキンだから、何となく町の象徴みたいなものに収まっているのさ。普通、皇帝《ツァーリ》というのは何もしなくていいんですよ。日本でもそうでしょ？　優秀な宰相がいればいいんです。

運転席のコースチャがロシアなまりの英語でその話を受ける。

――ドクトル・ポリャンスキー（サムソンの親父）のおかげでチェルノディルカはモスクワより暮しやすいんですよ。わが町にはマフィアはいないし、原発もない。食料はちゃんと手に入る。スモークサーモンが店で手に入る町なんてロシア広しといえども、チェルノディルカくらいなもんでしょう。

――それだけじゃない。チェルノディルカの住人は知的水準が高いんだ。インテリが多いのはこの町の伝統でしてね、スターリン時代に迫害されたインテリやユダヤ人は粛清を逃れるためにこの町に隠棲《いんせい》したんですよ。この町では密告という風習がなかったおかげで、優秀な人材が生き残ったというわけです。

――本当にインテリは多いんです。是非、私が勤めている図書館をのぞきに来て下さい。モスクワのレーニン図書館にない本だってうちにはあるんですから。うちの自慢はアメリカのペーパー・バックのライブラリーが充実しているってことです。チェルノディルカでは住民のあいだで英会話がちょっとしたブームでね。卵売りの婆さんまで、ハウ・アー・ユー？　とあいさつするんですよ。

――それから、わが町には美人が多いんです。このあいだ行なわれたミス・ソ連のコンテストでは惜しくもモスクワっ子に優勝をさらわれましたが、わが町のアーダは三位に喰い込んだんですよ。

ふるさと自慢はこのままどんどんエスカレートしてゆきそうだった。

――ところで、あなたのお父さんはどうして陰の町長なの？

ルミがたずねると、サムソンは「会ってみればわかるよ」と答え、鼻歌を歌い出した。コースチャが歌った〝チェルノディィルカの歌〟のメロディを。町に着くまでに同じメロディを何度聞かされたか？　ルミはそれを完璧《かんぺき》に口遊《くちずさ》めるようになっていた。

――さあ着きましたよ。

コースチャの合図で改めてまわりを見回したが、町並みは何処《どこ》にも見当らなかった。車は街道からはずれ、森の中の細い道を徐行していた。森からバケツを持った半ズボンの少年が現われると、車は彼の脇《わき》で止まった。コースチャが一言いうと、少年はルミの方を向き、ひざを曲げて額に両手を当て、バケツをサムソンに差し出した。そして、助手席に坐《すわ》った。

――どうぞ、もぎたてのいちごですよ。

バケツいっぱいの赤い実。早速、歓待が始まった。

なお三分ほど先へ進むと、森が開け、大きな池に出た。子供たちが水遊びをしている。それを見守るように赤ら顔の老人が木の切り株に腰を下ろしていた。

――ミハイル・セラフィーモヴィチ！

コースチャが叫ぶと、老人はこちらを向き、さっき少年がやったのと同じしぐさをした。サムソンは彼にルミが東京から来た客人であることを告げた。やれやれ、この分だと町の人全員に紹介されそうだ。

——この人は生まれた時からずっとこの町で暮してるんです。ただしシベリアに十年ばかり流刑されていた期間を除いてね。昔は優秀な技師だったんです。今は年金で細細暮していて、毎日ああやって池のほとりに坐って、奇蹟を待ち望んでるんです。池の水がウォッカに変わる奇蹟をね。奇蹟が起きないおかげでミハイル・セラフィーモヴィチは長生きしてるんですけどね。

——ところで、あの人も少年もコースチャもひざを曲げて、両手を額に当てるしぐさをしたけれど、あれはどういう意味なの？

——チェルノディルカ伝統のあいさつですよ。

——レニングラードであれと同じあいさつをする浮浪者に会ったけど。

——じゃ、その人もチェルノディルカ出身です。帝政時代からの習慣なんです。そのうち世界中で流行するでしょう。

なるほど、この町の人は冗談が好きなんだ、とルミは納得しながらも質問をつけ加えた。

――その浮浪者は自分が神の代理だっていっていたわ。

――ああ、それじゃ間違いない。神がかりの人はたくさんいますよ。自分が神だっていう人から会う人全て神と見做《みな》す人まで。昆虫を神の化身だと思ってる人もいますよ。

――おかしな町ね。

――東京だっておかしな町ですよ。いまだに皇帝がいるし、戦争で破壊されたのにいつの間にか世界一金持ちで技術も進んだ都市になっていたし、子供はコンピューターを持っているし……チェルノディルカは東京を手本にしようと思ってるんですよ。

コースチャがいった。彼の横顔を見ても、それが愛郷心からくる本音なのか、あるいはただの冗談なのかわからなかった。

――それで何処に町があるの？

つい不安になって、ルミがたずねると、サムソンは「町は森に隠れてるんですよ」といった。再び車が森の中に入ると、一方通行の道路が碁盤の目に張り巡らされており、庭のついた広い家が軒を連ねているのがわかった。

町の中心には広場があって、公共の建物や商店は全てここに集まっていた。広場から小高い丘に向って伸びる道路がチェルノディルカのメインストリートで、小さな百貨店やホテルもある。町の名士たちは夜ごとそのホテルのレストランに繰り出し、外国からの賓客をもてなす。ネフスキー大通りと呼ばれるメインストリートの終点には中世の教会が建ち、丘の斜面は墓地になっていた。

ルミはサムソンの実家に案内された。広場にほど近いところにある五階建ての古い建物の四階をサムソンの家族が占有していた。そのアパートの一階には町長が住んでいる。

ルミはサムソンの母親と祖母、妹に紹介された。全員、チェルノディルカ流のあいさつをした。ルミがロシア語で簡単な自己紹介をすると、お婆さんが歯のない口を開けて笑った。ルミのためのベッドはすでに客間に用意されていた。住宅難のロシアで、不意の客に個室をあてがうことができるなんてよほどの金持ちだ。

――母も婆さんも客をもてなすのが好きだから、わが家に帰ったようにリラックスして下さい。今夜はうちでパーティをします。あしたはホテルのレストランでダンス・パーティがあります。

その夜の夕食は豪華だった。「酒宴になったら最後のきゅうりも切って出せ」という古きよきロシアの習慣通り、冷蔵庫に入っているもの全てが食卓に供された。冷蔵庫は日立の四ドアで、階下のアパートに住む家族の食料まで保存してあった。ミートパイ、スモークサーモン、川かますのフライ、ローストチキン、キャベツの酢漬け、ソーセージ、トマトときゅうりのサラダ、ペリメニ……皿と皿のあいだに置かれたウォッカやコニャック、シャンパンのびんは絶えず誰かの掌にあった。このパーティには町長夫妻、コースチャ、それにサムソンの妹ナージャの恋人のアメリカ人トムも加わった。トムはレニングラードに駐在する貿易会社の社員で、ナージャに一目惚《ひとめぼ》れして、たびたび車を飛ばして彼女に会いにくるのだった。透き通るように白い肌、ナィーブそうな目、バレリーナのように凛然《りんぜん》とした肉体にトリスタン的情熱を捧げる男は健全だ。ナージャの母親のガリーナは洗練された立ち居振る舞いをよく身につけていた。そこは町長夫人の純朴さと好対照をなしていた。

最初の乾杯の音頭を町長が取り、あとは順繰りに思い思いの乾杯の辞を述べ、そのたびにグラスの酒を乾《ほ》した。町長は「革命で滅ぼされたロマノフ王朝のために」乾杯し、夫人は「ドクトル・ポリャンスキーの功績に」、トムはもちろん、「可愛いナージャに」、ナージャは「尊敬するアンドレイ・タルコフスキーの魂に」、お婆さんは「亡き夫のために」、コースチャは「ロシアに資本主義が根づくのを祈って」、ガリーナは「東京から来たオリエンタル美人のために」、ルミは「世界の首都チェルノディルカのために」、サムソンは「異星の知的生命体のために」、最後にパーティのホスト、サムソンの父親ポリャンスキー氏は「外国貿易の一層の発展のために」酒を乾した。一巡する頃にはみんな酔いが回っていて、おとなしく席についてはいなかった。隣りの部屋に音楽がかかり、お婆さん以外全員、きつくなったお腹をならすために踊り出した。震源地が四階の地震は一時間以上続いた。みんな体力自慢のようだ。ルミが半ばあきれ、ため息をついて坐っていると、ポリャンスキー氏が隣りに腰かけた。ルミはすかさずたずねた。「なぜ、みんなあなたをドクトルと呼ぶんですか？」と。ポリャンスキー氏は汗で曇った眼鏡《めがね》を拭《ふ》きながら、答えた。

——私の本職は医者なので。もっとも医者はこの国では儲かりませんがね。

——サムソンはあなたが町の陰の町長だっていってましたよ。

ポリャンスキー氏はそれを否定も肯定もせず、こんな話を切り出してきた。

——ここからフィンランド国境までは自転車でも行ける距離です。私自身、この町はヨーロッパだと思ってるんですよ、バルト三国の連中と同じようにね。ソ連は長らく鎖国状態でしたが、チェルノディルカはブレジネフ時代も独自の民間外交を行なってたんです。よく姉妹都市というのがあるでしょう。ハバロフスクとニイガタのように。あんな調子で姉妹家族関係を世界各地の家族と結ぶんです。わが家はトムの家族とも姉妹家族関係だし、パリやロンドンに住む家族とも姉妹家族関係を結んでいます。どうです、一つあなたの家族もわが家と姉妹関係になってもらえませんか？

——具体的には何をするんです？

——〝魂の交流〟ですよ。あと、時々お互いの家を訪問し合う。それだけです。

ルミは深く考えずにその申し出を承諾した。ポリャンスキー氏は音楽を止めさせ、家族全員を集めると、新しい姉妹家族関係を祝してもう一度乾杯しようといった。ポリャンスキー家の人々全員とルミは握手をし、酔いの勢いも手伝って、自然にどんちゃん騒ぎに加わっていた。

翌朝、二日酔いの頭痛と吐き気に苦しんでいると、お婆さんが冷たい水を持ってきてくれた。町の教会から汲《く》んできた聖水だという。聖水がスピリットを浄《きよ》めたか、一時間後には頭痛も吐き気も嘘《うそ》のように消えた。

午後になってから、サムソンに誘われて町の散歩に出た。

――ロシアに資本主義が根づくには五十年かかるっていう人もいるけど、チェルノディルカには昔から根づいてるよ。ちなみにネフスキー大通りのホテルは協同組合が経営してるんだ。うちの親父も金を出してる。町の人は大抵、何らかのサイドビジネスをやっている。親父が一番の成功者なので、みんなポリャンスキーに続けと、やたらに勤労意欲が旺盛《おうせい》なんだ。親父はこの町に独自の外国貿易のネットワークを作ってね。金でもダイヤモンドでも毛皮でも民芸品でもここに持ってくると、あるルートを通じて外国に流れていく。一方、外国からは冷蔵庫や車やラジカセや外貨が入ってくる。中央経済の管理を受けずに勝手に交易してるってわけだよ。

――密輸？

――簡単にいえばね。昔からチェルノディルカは地下経済で潤おっていたんだ。いや、ここは昔からヨーロッパの飛び地だったのさ。

――冷蔵庫とか車なんて大きなもの、どうやって外国から運んでくるの？　すぐバレちゃうじゃない。

――ここからフィンランドは目と鼻の先だよ。国境警備兵はいるにはいるけど、壁があるわけじゃない。森の中を通れば出入りは自由さ。ナポレオン軍もナチスも森や野原を走って攻めて来たんだ。親父はナチスにポーランドを追われて、チェルノディルカに逃げてきたんだけどね。国境がなくなったら困るって親父はよくいうんだ。密輸もできなくなるし、ナチスから逃げることもできないって。親父はユダヤ人とポーランド人のハーフだからか、国境には敏感なんだ。国境を越えなければ生きてゆけないと思い込んでるんだね。この町は一時ドイツ軍に占領されていたけれども、親父はロシア人のレジスタンスと一緒に戦って、撃退したんだ。それ以来、親父とチェルノディルカは強い絆《きずな》で結ばれた。戦後になってもワルシャワに戻らずにこの町でロシア人のおふくろと結婚した。何とかスターリン時代末期の粛清もチェルノディルカにとどまったおかげでやり過ごすことができた。密告者がいなかった素晴らしい町だって親父はいつもいう。革命から七十年以上経ってもこの地では神は死ななかったし、人々の魂はソビエト化しなかったんだね。

——でも、あまり資本主義化すると、この町の古きよき魂は失われてしまうんじゃないの？

——いや、チェルノディルカの神はちゃんと経済というものを心得ているので、大丈夫さ。うちの婆さんを見てごらんよ。物質文明の波が押し寄せてきてもへっちゃらさ。ちゃんと、自分の魂を守っている。親父だって、金儲けのことしか頭にないみたいだけど、一応本職は医者だし、魂や神に思いを致すこともあるさ。婆さんにせっつかれて、時々教会にも行くしね。親父はカソリックだったんだけど、チェルノディルカに来て、ロシア正教に改宗してるんだよ。ソビエトの権力には苦労させられたがロシアの魂には救われてるんだね。でも、百パーセント、ロシア人にはならないね。どうしても半分以上はユダヤ人であり、ポーランド人なんだと思う。ロシア人は親父ほど商売がうまくない。商売って国境を越えることなんだって親父はよくいうけど、ロシア人は国境を越えたがらないからな。

——あなたはお父さんの影響を強く受けてるんでしょう。

——姉妹家族には賛成だよ。ぼくが東京に行ったら世話してくれるかい、ルミ?

——もちろんよ。ナージャもトムにお父さんの話をしてるのかしら?

——たぶん。でもナージャは母親似でロシア的だからな。

二人はネフスキー大通りを教会に向って歩いていた。二日酔いを癒す聖水が湧き、古きよき魂の揺《ゆ》り籠《かご》でもある教会——ルミには全く縁のなかった世界だ。教会は万人に開かれているとはいえ、異教徒の自分は魂の揺り籠に土足で踏み込んでいいものかためらいの気持ちがよぎった。そのことをサムソンに告げると、彼は笑いながらいった。

——観光気分でいいんだよ。教会は自分の内面と対話するために行くところなんだ。

——私には内面なんてない。魂について考えたこともないわ。空《ブランク》っぽよ。

——それじゃ、〝無《ブランク》〟を見つめたらいい。

ロシアの教会で色即是空？

教会ではミサが行なわれていた。ろうそくの匂《にお》いと熱気がよどむ薄暗い空間に祈りを捧げる神父のバスと女性信者が歌う讃美歌のソプラノがこだましていた。頬《ほお》がこけ、目が落ち窪《くぼ》んだキリスト像や表情が化石になってしまった聖母マリア像が壁面を埋めている。何処か土俗的で全てをあきらめたような静かな目が信者を見つめている。

ミサが終ると、サムソンは神父に声を掛けた。神父はサムソンの顔を見るやドスの効いた声で怒鳴りつけた。ルミは思わず体を強ばらせた。

——こら、サムソン。宇宙論なんぞ研究しおって。少しはわかったのか？

——神父さん、ひょっとしたら、宇宙には始まりも終わりもないかも知れません。

——どういうことだね、サムソン。

——宇宙には創造の瞬間はなかった。つまり、ビッグバンは起こらなかったということです。宇宙は神がお創りになったのではなく、ただ存在していたのであると、イギリスの学者がいっています。

——サムソン、おまえはどう思ってるんだ。

——そうかも知れないと思っています。

——バカものめ！ ちゃんと自分の心で宇宙を感じるんだ。宇宙の法則は時空の中で起こった奇蹟なのだ。宇宙というのはおまえがそうあって欲しいと思うようにはできておらんのだぞ。真理を理解しようとするな。悟るのだ。受《う》け容《い》れるのだ。神が人間に与えた謎をそのまま受け容れるがよい。

——神父は宇宙をどのように考えているんですか？

——宇宙はただ存在している。ニュートンだか何だか知らないが、イギリス人の学者が考えたようなことなど私は前から悟っていたよ。宇宙が神によって創られたと考えるのはバカげておる。愚かな者はこういう疑問を抱くであろう。宇宙をお創りになった神は何によって創られたか、となる。神は宇宙と同じようにただ存在しているのだ。

神には始まりも終りもない。

サムソンは神父の手の甲にキスをした。ルミはそのうしろで神父に会釈をしながら、「この人は映画で見た怪僧ラスプーチンに似ている」と思った。そう吸血鬼、ドラキュラを演じさせたら右に出る者がいなかったあのクリストファー・リーにそっくりだった。神父はチラリとルミを見ると、十字を切って、祝福を与えてくれた。

教会を出てから、サムソンはいった。

――あの神父の弟子にはなぜか神がかりが多いんだ。ぼくは実は彼の弟子の一人なんだ。全く、彼には敵《かな》わないよ。宇宙論者にも物理学者にも説教できるんだからな。


その夜もパーティだった。「チェルノディルカは世界の首都」と歌われているが、決して大袈裟《おおげさ》ではなかった。町の名士たちはみな外国人の客を自宅でもてなしており、姉妹家族の関係を結ぶのに積極的だった。外国人のゲストはそれぞれの言葉でチェルノディルカへのオマージュを口にしていた。

地元のバンドによる生演奏をバックにチェルノディルカの若者と外国人のカップルはチークダンスを踊った。サムソンはルミの耳許《みみもと》で囁《ささや》く。

――うちの家訓では結婚相手は外国人でなければいけないことになってるんだ。
――あら、そう。
――ルミ、君はすごく綺麗《きれい》だよ。今までぼくが出会った女性の中で一番魅力的だ。
サムソンはキスを求めてきた。ルミは彼があまり興奮しないようにキスに応じた。
――ルミ、ぼくと結婚してくれませんか?
――本気?
――もちろん本気だよ。
――まだ会って三日目よ。
――人生は短かいんだから急がないと。
――人生は長いんだから慌てることないわ。
――君が東京に帰ったら、ぼくはただの憶《おも》い出《で》になってしまうのかな。
――恋人ならなってあげてもいいわ。
――東京に会いに行くよ。
――私もチェルノディルカに戻ってくるわ。この町は何だかとても懐しいの。
サムソンにいってもわかるまいが、ルミは記憶の押入れの奥に横たわる失われた世界、かつて、ルミも暮していた懐しい世界に通じる道に自分は立っていると感じた。

おめでたい人たちがたくさんいて、それなりに苦労して生きている。いつも笑いが絶えないのだが、何処か物悲しい。

——ところでチェルノディルカってどういう意味か知ってるかい。

——どういう意味なの？

——ブラックホールさ。

出来過ぎた話、と思いながら、ルミはそのブラックホールに呑《の》み込まれてしまいたかった。

私にも猫が飼えるかしら

谷村志穂

たにむら・しほ

札幌市生まれ。北海道大学農学部にて動物生態学を専攻。1990年に発表したノンフィクション『結婚しないかもしれない症候群』がベストセラーに。91年に『アクアリウムの鯨』を発表後は精力的に小説を発表し、2003年『海猫』で島清恋愛文学賞を受賞。著書に『十四歳のエンゲージ』『眠らない瞳』『蜜柑と月』『自殺倶楽部』『僕らの広大なさびしさ』『妖精愛』『レッスンズ』『Curtain』などがある。

彼のお気に入りである人間たちは、もはやすべて彼女のお気に入りになってしまった。タキシードを着た彼の学生時代の仲間たちや、ドルチェ＆ガッバーナやマックス・マーラのドレスを着た彼女の仕事仲間たちを、今では二つに分かつことは難しかった。だからこうして二人でいても、いつも黄昏時《たそがれどき》のように空《むな》しくてならないのだと、男は今日一日のつまらない騒ぎを思い起こした。

馴染《なじ》んだ女の部屋の中央には、マーブルのテーブルがある。その上に、今日の結婚式の引き出物だったブーブクリコ・シャンパンが二本、仲良く並んでいる。

だいたいこの部屋にある物だってすべて、もはや二人のどちらのお気に入りであるかなどはっきりはしない。四角いマーブルのテーブルも、クリスタル類も、布張りのソファも、もうとても二つには分かちがたい。

別れ難く、かといって入籍し子供を作れば二人を包んだこの鬱《うつ》な気分を取り払うことができるとは、男にはとても考えられなかった。

化粧を落とし、ニットのワンピースに着替えてリビングに戻ってきた女が言った。

「早くお子さんを作って下さいって、今日の式でもまた、お偉い方たちのスピーチは同じだったわね」

「ああいう人たちは、そういう台詞《せりふ》を言うことでしか人間を励ませないとかたく信じているからね」

男は、そう言うと、今度は女がいつものように軽快な皮肉をぽんぽん返してくるのをどこか楽しみに身構えた。おかしな言い方だが、彼女にはそういう才能があった。

「本当だわ。だいたい、どうしてこの国ではいつも、奥さんは陰になって夫を支えなくちゃいけないのかしら。今は山陰という言葉さえ使っちゃいけないという時代なんだそうよ……」

偉い男たちをこてんぱんにやっつけるのは、今では若い女の仕事と相場は決まっているのだ。だが女のほうは、男のそんな気分とは裏腹に小さな溜《た》め息《いき》をついた。

「でも、違うの。今日は思ったの。一日も早くお子さんをっていう台詞は決して悪くはないのよ。だって私たちは、確かにそんな年齢になってしまったんですもの」

男は用心深く肩をすくめる。

「品のいい台詞だとは思えないけどね」

「仕方がないのよ。それに、結婚ってそういうことだもの」

「君がそんなことを言うなんて意外だね」

男は、つまらなくなって、単純にそう言った。そもそも男は、彼女と出会う以前には、他人の結婚式に参加して誰かのスピーチに疑問など抱く質《たち》ではなかったのだ。結婚や家庭に対して進歩的な考えの持ち主でもなかった。

地方の名門校から、美大へ進み、今はたいして金はないものの気紛《きまぐ》れなイラストを描いて暮らしている彼は、当初は素敵《すてき》な花嫁や子供たちを幸せにする人生こそが立派なものなのだと信じていた。

翻訳の仕事などにあたるしっかりした女性と出会って五年もたつうちに、自分はきっと、すっかり教育されたのだと思っていた。そうして二人は、まるで互いに当然であるかのように、入籍もせずにほとんどの日々を彼女の部屋で過ごすようになっていたのだ。

女のほうは、男がそう言った台詞に、ゆっくりと微笑《ほほえ》み返した。

そして、女はそれでいよいよ諦《あきら》めがついたのだった。私たちが、このまま家族になり、家族を増やしてゆくことは、もはや不可能なのだ、と思った。私たちはどこかで間違えてしまったのだ、と。それが自分のスタイルによるものだなどとはちっとも思わなかった。子供のおもちゃやミルクの缶が散乱する家に行くと眉《まゆ》をひそめていた自分の姿は、彼女のなかには焼き付いてはいなかった。

窓の外では日が暮れ始め、いよいよ寂しさを感じる時刻が近付いていた。冬の始まりには鬱病患者がどっと増えるということが、女にはよくわかる気がした。そう、この感じ。日が暮れ始め、部屋の中にもしっかりと黄昏の気配が漂ってくる感じを、最近私はとても怖く思うんだわ、と彼女は思った。

そして、ぽつりと呟《つぶや》いた。

「猫なんて飼うと楽しいのかもしれないわね。ねえ、そう思わない？」

女はほんの独り言のようにそう呟いたつもりだったのだ。

だが、男は慌ててこう答えた。

「それはいい！　素晴らしいアイディアだよ。行こう、今すぐ行こう」

男にもそれが、二人を包む鬱の気分を取り払う格好の思い付きだと信じることができたのだ。

女は、男の顔を見てあどけない笑みを浮かべた。化粧を落とせばあどけない表情になるところは、三十歳になっても変わってはいなかった。その笑顔は彼女を若く魅力的に見せたし、それがこれまでの彼女の拠《よ》り所《どころ》のない自信を支えてきたということもできた。

そして、女は微笑みながら、今度こそ諦めようと覚悟を決めたのだった。私たちが気取ってきたこの生活には、きっと意味なんてなかった。間違っていた。実際、私は今さらこんなふうに寂しくなって、家族の代わりに猫が欲しいだなんて言い出しただけなんだわ。

だが、男は壁にかけてある時計を見ながら、すでにコートに手を伸ばしていた。

「青山ケンネルだとかああいうところは、夜の八時くらいまではやっていると思うんだ。まだ間に合うよ。すぐに出よう」

女はクローゼットからコートを取り出し、男のあとについて出た。

女のマンションの駐車場から、二人は男の運転する紺色のゴルフで走り出た。

男はいい思い付きに飛び付いた興奮からか、珍しく早口に話し続けた。

「僕はずっと猫を飼いたかったよ。君が嫌いだとばかり思っていたからね。猫ほど、人間と同居するのに適した生き物はいないんだ。学生時代に僕が飼っていた猫の話を覚えているかい？」

「サスケ……だったかしら」

「そうさ、茶トラで、僕がアパートに帰ってくると街のどこにいたって足音を聞き分けて駆け寄って来たんだ」

「なのに交通事故で死んでしまったんでしょう。よく覚えているわ。悲しい話だったから」

「僕の部屋にメス猫を連れ込んで、どうだって顔をして自慢気にやっていたことだってあったんだ。気位が高くて自立していてさ。犬を飼うのは反対だけど、猫ならきっと君も気に入るよ」

男は自立していてなんて言葉を、今では無意識にそうして使っていた。仕事を持つどころか、外食さえ滅多にしようとしなかった母親の元に育った彼が、今では自立しているなんてことを確かに良いことだと思うようになっていた。

「だけど、あのマンションの部屋から外に出すことはできないわ。それでも猫は平気なのかしら」

ただの思い付きが次第に現実になっていくことに不安を覚え、助手席に足を組んで座った女は今さらながら自分は猫など一度も飼ったことがないのだということを思っていた。

「大丈夫さ。外になんか出さないほうが、かえって交通事故に遭わなくていいよ。それに猫は簡単だよ。餌《えさ》と水さえ置いておけばいいんだ。トイレだけ教えてあげれば、清潔好きだしね」

「でも私は、猫の爪《つめ》で家具ががりがりになってしまったお宅を見たことがあるわ。手が傷だらけの人もいるわ」

「それでもあまりあるほど可愛《かわい》いさ」

「旅行へ行くときはどうしたらいいの？　私は出張だってするし」

「僕が見ているさ。二人で出かける時ならペットのホテルだってあるし、二泊三日程度なら、猫は案外きちんと留守番しているものなんだ」

「そう……」

「なんだよ、欲しくないのか？」

男はアクセル・ペダルを心持ち緩めながら言った。

「心配だったから。確認したかっただけ」

女はそう言いながら、これで本当にいいんだと自分に言い聞かせる。私たちはこれから、家族ではなく、猫を増やすのだということを。


犬の吠《ほ》え声《ごえ》と、かすかな獣臭がある以外は、そこは清潔なブティックのようだった。値段をつけられた動物たちが、ひとつずつの檻《おり》の中でこちらを見つめていた。品定めしているのはこちらではなく、むしろ彼らだというように女には感じられた。

犬も猫も大方がまだ子供で、大勢揃《そろ》っていたが、なかでは二十二万円のペルシャ猫と、三十五万円のチンチラが、女は多少気に入った。毛足が長く、置物のようにゆったりとした姿でそこにおり、自分の部屋にもよく似合うと思った。

「和ネコは、置いてらっしゃらないんですか？」

だが男はひととおり店の中を見回すと、エプロンをつけた女性のところへ行って、そうたずねた。

「ええ、こちらには置いていないんですよ」

店員の女性は、なぜ気づいたのか、女が気に入ったそのペルシャ猫を檻の中から連れ出すと、ブラシを持って毛繕いをした。銀色に光る毛の猫は小さく震え、ミャアッと声をあげた。

「この子なんかは、静かですし、ペルシャのわりには人懐っこいんですよ。抱いてみます？」

女は男のほうを不安気に見た。何しろ、これまで猫を抱いたことなど一度もないのだ。

男は代わりに腕を伸ばすと、子猫を自分の胸にブローチのように置いて、頭や首を撫《な》で回した。猫はなお震えていたが、おとなしくそこにいた。

女は自分もそっと手を伸ばすと、男と同じように首の辺りを撫でてみた。人間より体温の高い生き物の柔らかい感触に、心地好さを感じる。

「可愛いわ！」

思わず声をあげた。

自分の中にも、そうした母性のようなものが宿っていることに感動しているようなところがあった。

男から猫を取り上げると胸に抱き、頭を撫でた。猫は目をかっと見開いたまま女を見つめ、またミャアッと声をあげた。

「あなた、どう？　素敵な猫だわ」

女が言うと、男は小さく頷《うなず》き、だが言った。

「また、和ネコも見てみようよ」

店員の女性は、そんな二人の会話に嫌な顔ひとつせずに言った。

「そういう猫ちゃんたちだったら、ペット病院をお訪ねになったらいいみたいですよ。よく、子猫を分けて下さるそうですよ」

「なるほど、ご親切にありがとう」

女は、それでもなお、ペルシャの子猫を胸に抱いていた。

そのまま店内を見回すと、猫の食べ物や、おトイレの道具や、遊び道具がたくさん並んでいた。柔らかな情熱が湧《わ》いてくるのを感じていた。私はこの子猫のために、これからたくさんのものを選び、与えてあげるのだわ。そんな思いが彼女を幸福にしていた。

動物病院を探し回る車の中では、二人はもはや猫の話しかしなかった。ずいぶん久し振りに、二人は嬉々《きき》として華やいでいた。

「可愛いわ。眠るときのために、ベッドを作ってあげなきゃいけないわね」

「ばかだな。猫なんて人間のベッドの中に入ってきて平気で眠るさ」

「そんなに慣れてくれるかしら」

「僕だってずっとサスケと眠っていたんだよ」

女はそれまで目に留めたこともなかったのだが、代々木の、彼女のマンションのすぐ近くだけで動物病院は幾つもあった。

古い看板の病院は、ドアを開ける前になんとなくやめにした。ドアの前に立つと薬品の臭《にお》いがぷんと鼻をつく病院の中には、掲示板の〈譲ります〉という手書きのポスターがたくさんあったが、二人にはその病院がピンとこなかった。医師の眼鏡の奥の目が、神経質そうで、馴染めなかった。

そうしてすっかり日が暮れた八時近くになってから、二人は、マンションのすぐそばの淡いブルーの壁でできた動物クリニックの前に立った。

ちょうど窓のところに、コルクでできたボードが張られており、〈誰か可愛がって下さる方、もらって下さい〉とあったのだ。そこには猫たちの写った写真が並んでいた。

病院にはまだ明かりが点《とも》っており、二人はその前に車を停めた。

この病院ならいいわ、と女は思った。この病院を選ぶ猫のご主人たちなら趣味がいい。

「いずれにしても、猫を飼うことになったら、僕たちもここへ来よう。こんなすぐ側《そば》なら歩いてもこれるよ」

「それに、遅くまで開いているのね」

女は言い、それから二人でボードに並んだ猫たちの写真に見入った。

産まれたての真っ白な三匹の子猫の写真のところには、〈すでにもらわれました〉という紹介が書き込まれていた。

他に、臆病《おくびよう》そうな顔つきのシャムが一匹、ミケや、トラもいた。

女は少しがっかりした。そのいずれもがさきほどの猫のように愛らしくもなかったし、よく街で見る野良猫みたいなものだった。子猫と書いてはいるが、身体《からだ》もだいたいすでにしっかりしていた。

だが男は、写真を指差しながら力強く頷き続けた。

「この猫なんかどうだい？　やっぱり和ネコが一番なんだ。あんなふうにペット用に品種改良されたようなのじゃなくて、野生っぽいところがいいよ……ああ、見てごらん、この茶トラはサスケにそっくりだ」

それでも女のなかには、すでに猫を飼うという気持ちがすっかりふくれ上がっていたから、とても前向きに男の言い分を聞くことができた。

「だったら、今、こちらのクリニックの先生をお訪ねしてみる？」

「うん、そうしよう」

二人で入って行くと、淡いブルーの上着を着た先生が、出てきた。

口髭《くちひげ》を生やし、小さな目の、優しい顔をした獣医だった。年の頃は三十代の前半といったところだろうか。

「突然なんですが、猫を譲っていただきたいと思ってお訪ねしたんですが」

男が言うと、先生は嫌な顔ひとつせずに立ち上がり、自ら外に掲示してあったボードを取り外してきた。

「どうぞ、こちらへ」

待合室のテーブルに通されると、三人で写真を見る形になった。獣医の先生は、一匹ずつ指差しながら説明した。

「この子は、写真のときが八月ですからもう結構大きくなってしまっていると思いますよ。この子は、茶トラですけれども、まだ五か月くらいですから子猫ですよ。ただ、尻尾《しっぽ》がちょっと曲がってしまっていたんじゃなかったかな」

それがちょうど、サスケによく似ているという猫だった。

男は一段と愛《いと》しそうにその写真に見入った。彼にとっては、この上なくタイプな猫の写真がそこにあった。精悍《せいかん》な顔つき、そして自分がかつて愛したサスケにそっくりなのだ。

「このお宅はすぐ側ですから、電話してみましょうか？」

獣医は、それはビジネスの外の作業であるだろうに、実に身軽に行動した。女にとっては、そういうことがいちいち新鮮だった。

だいたい、猫のことを、この獣医もさきほどの女店員も「この子」と呼んだ。

獣医は、初対面の図々《ずうずう》しい二人に嫌な顔もせずにつきあってくれる……。

医師が電話をしている間にも、男は写真に見入っていた。

「いい顔をしているよ。目がきれいだね」

彼は尻尾のことにはあえて触れなかった。

女は、とにかく一度和ネコというのを見てからいろいろ決めようという素直な気持ちになっていた。

茶トラの持ち主は、ライトをつけた自転車に乗って五分もしないうちに現れた。前の籠《かご》に、白い布袋が入っており、その中でもごもご動いているのが猫らしかった。

持ち主はショート・カットにジャンパー、ジーンズという姿の女性で、もう一台の自転車に乗って小学生くらいの女の子がやってきていた。母娘《おやこ》なのだろう。

待っていた二人が立ち上がると、母娘は緊張した表情で白い袋を胸に抱いてクリニックの中へ入ってきた。

「先生、どうもすみません」

と、母娘がまず獣医に頭を下げて、

「ありがとうございます」

と、二人に言った。

「こちらこそ、突然、すみません」

女は自分の知っている世界にこんな会話はありえないと思う。こんな、思い付きで猫を飼おうという中途半端な恋人たちに、見ず知らずの人がこんなに丁寧に頭を下げるのだ。

「迷い猫だったんです」

そう言いながら、母親は袋から猫を取り出した。猫は興奮して、母親の胸にしっかりしがみつき、爪を出した。子猫とは思えぬ、もうしっかりした身体つきをしていた。

「うちに入れたらだめよって言ってたんですけど、この子がどうしてもって入れてしまって。ただ私のところには、この子の下に双子の男の子がおりまして、その片方が、どうやら自分は可愛がっているつもりらしいんですけれども、上から投げ付けたり、飛び乗ったりすごいものですから」

「ジュンタロウ君がいじめるの。それが問題なの」

きれいな髪の毛を両耳の横に下げた女の子は、猫の頭を撫でながら目に涙を浮かべて言った。

「ママ、チャコが純太郎にバラバラ骨折にされちゃうんじゃないかと思って心配なのよ」

母親は娘に向かってそう言うと、ふたたびチャコと呼ばれたその猫の頭を撫でた。

尻尾は確かに曲がっており、というより丸い球のようにしかのこっていなかった。

「ちょっと抱かせていただいていいですか？」

男は猫を胸に抱いたが、猫はしなやかに身をよじって慌ててよけ、待合室のテーブルの下に逃げてしまった。

「病院っていうのは変な臭いがするし、猫はみんな興奮するもんですよ。この子はおとなしくていい子だと思いますよ」

獣医はそう言うとテーブルの下に潜り、ゆっくりチャコに歩み寄って、抱き上げた。猫はまた身をよじって逃げようとしたが、そのうち落ち着いてきて、獣医に首を撫でられ、おとなしくなった。

「やっぱりしなやかだなあ」

猫のその様子を見ながら、男はそう言った。

「君はどう？」

「きれいな毛並みだと思うわ」

女は、とりあえず褒めるべきところはそのくらいだと思いながら言った。だが、その猫が自分のものになるなど到底ピンとこなかった。はじめから尻尾が曲がっており、ジュンタロウなる子供にいじめられ、チャコなんていうおかしな名前をつけられ飼われていた猫なのだ。しかも、その猫の主人である女の子は、今も涙ぐみながらこう言っているのだ。

「チャコの幸せのためにはそのほうがいいの」

すべてが真っさらでなくてはいけないのだ。女は、そう思った。

「お宅もこの辺りなんですか？」

チャコを連れてきた女性は二人にたずねた。

「ええ、すぐそこのマンションなんです」

男はそこが、ささやかではあるが分譲で、猫を飼うのに問題はないことをほのめかしていた。

「失礼な質問かもしれませんが、お二人ともお仕事はされてるんですか？　いえ、一日中ご不在だと猫も寂しいだろうと思って」

「二人とも仕事はしていますが、フリーランサーですから、一日中家にいることも多いんです。私は翻訳の仕事をしています」

女は面接でもされているかのように、そう答えた。

「まあ、よかったわ。猫が寂しくないほうがいいですものね」

母親は娘に向かってそう言うと、安心したように笑いかけた。それが結果的には、向こう側からは、差し上げますという意思表示となった。

男は、もう一度、女に向かってどう？　とたずねた。

「いい猫ね」

女はもう一度、そう言った。

すると男は、信じられないことに、それを女の了解だと受け止めてしまったのだった。

「では、いただいていきます」

と頭を下げた。

女は慌てて男の顔を見たが、男はすでに猫に向かって笑いかけており、女に気付いていなかった。

そして、もうその場で、チャコと呼ばれていたその猫は、白い布袋のまま女の家にやって来ることになったのだった。

いったん家に戻って相談するでもなく、本当に猫を飼えるのか検討するでもなく、トイレの準備もないままに、猫は貰《もら》われてきたのだった。

そんなことが女には、この猫をすべて哀れに思わせた。おまけに性別は、メスだった。

男は、その日から、サスケとの日々をやり直すようにそのチャコを可愛がった。

部屋の中で怯《おび》えている猫の首を撫で、手をつかみ、少しずつ慣らしていった。

名前は、ペルということになった。大きな瞳と、よくふくらんだ頬《ほお》に、イメージとしては似合っていた。

一週間もしたら、ペルは、女の部屋でも少しずつ自由に振る舞うようになり、はじめは部屋の隅に隠れていたのが、翌朝にはリビングに出てきており、その翌朝にはソファの上に座るようになり、その翌日には男の足の上に座るようになった。

はじめのあの哀しい貰われ猫の印象は、女のなかでも薄れていった。

だがどう見てもペルはすでにしっかりした身体つきをしており、尻尾が球のようでしかなかった。

翌日、女はさっそくトイレや餌を買いに青山ケンネルへ車を走らせた。あのペルシャは、まだそこにいたが、もう飼うわけにはいかなかった。

猫の尿は、意外に臭いものだ。尿が当たると固まる砂なるものを買うには買ったが、そんなものを使ったところで臭うことには変わりなく、餌も魚臭く、それまで部屋の中に漂っていた香水の匂いはあっさりと消え去った。

そのうち私はこの部屋と同じように猫の臭いに塗《まみ》れるのだろうかと思うと、女はすでに無責任にも猫など飼ったことを後悔し始めていた。ペルはしだいに二人に懐いてきたが、女にはそれでもなお愛着がわかなかった。

男は帰宅するたびに、

「ペル、ただいま」

と、言うようになった。

「もう御飯は食べたかい、ペル。お姉ちゃんとも仲良くなったかい？」

連日そんなことを言い、コートを脱ぐなりとても自由にペルと戯れた。

ソファの上に立ち、糸の先に鈴をつけてメリー・ゴー・ラウンドのように回してみたり、転がったペルの腹を撫でたりした。

そのうちペルは本当に、二人が眠るベッドに入ってくるようになった。

女にはそれでも、その猫が自分のものであると思うことができなかった。

だから日が暮れる時間にペルと二人でこの部屋にいると、ますます寂しくなった。

自分は失敗したのだという思いが、彼女のなかにさらに色濃い落ち葉のように積もっていったのだ。

女が遅くまで眠っていると、ペルは胸の上を二度またぎ、ミャアッと鳴く。

「お腹が空いたのね、ペル。遅くなってごめんね」

女がベッドから起き上がり、餌の入った缶を手に玄関に置いた餌入れに向かうと、ペルはまたミャアッ、ミャアッと鳴いて女の足にじゃれついた。

女はそのまま洗面所に向かうと、自分の顔を洗うより先にペルのトイレの砂の尿で固まった部分を専用のシャベルで拾い、ビニール袋に入れてバルコニーに出した。

シャワーを浴びるのも、紅茶をいれるのも、今ではみんなそんな作業のあとにきた。

男はただソファの上で、猫の鈴を回すだけだ。回した鈴や、遊び道具はいつも部屋の中に散乱しているようになり、それが女を一層苛立《いらだ》たせた。

だが猫は、この先少なくとも十年は生きるのだ。私にはそれを育てる責任があるのだろうかと女は思った。

「私たちは、子供を作ってもきっとうまくいかなかったわね」

ペルが眠っているソファにもたれながら、女は、コーヒーを飲みながらそう言った。

「猫を飼って、それがわかったわ」

男は、眠っているペルの首の辺りを撫でると視線を上げた。

「君がそう言うだろうことはわかっていたよ。君はペルを好きにならないし、ペルがこんなに君に心を許しても、君は許さない。せっかく猫と暮らしているのにひどく神経質になっていて、一体どうしたの？」

「私にはもっと考える時間が必要だったし、ようく考えたら、やっぱり向いていなかったのかもしれないのよ。猫を飼うなんてことに」

男は、コーヒーを飲み干すと、溜め息をつき女の顔をじっと見た。出会った頃の弾むような彼女はもうどこにもいないと、男は思った。好きな物と嫌いな物を二つにはっきりと分けてしまうのが彼女の流儀だった。だから僕たちは、互いにもうどちらのものとも分かつことができないほど共通のお気に入りばかりを山ほどスクラップすることができたのだった。

だが、きっと自分は彼女の好みのなかに閉じ込められてしまったように息苦しくなっていたのだろう、と男は考えた。

猫を選ぶ時点でなぜあれほど気がせいたのか、自分でも気になっていたが、今彼の中ではっきりした。

僕らに必要だったのは、どちらか一方の好みのものに出会うことだったのだ。これ以上、共通のお気に入りを増やしても、黄昏が深まるばかりだったのではないか。

「迷ったら君は猫を飼うのをやめていたよ。間違いはないよ」

「そうかもしれないわ。だって私は、この部屋がいい匂いのほうがいいし、朝は美味《おい》しい紅茶を飲みたい。そういうつまらないことに執着する人間なんですもの」

「そして、そんなことにもうどうしようもないくらいつまらなくなっていたんじゃないのか？」

男がそう問うと、女は嗚咽《おえつ》し始めた。そのとおりなのだった。そして、自分の人生を失敗したという思いに苛《さいな》まれていたのだ。

「猫がいたって、たとえば、僕らが飲んでいるこのコーヒーは、そうひどい味じゃないだろう？」

「飼うなら、あのペルシャが欲しかったわ。こんなふうに尻尾の曲がった猫なんか欲しくはなかったもの。ジュンタロウ君にいじめられていたなんて過去も聞きたくなかった。私は家族が欲しくなって、そのかわりに猫なんてことを思い付いただけなんだもの」

女はそこまで勝手に話し続けると、泣きじゃくり続けた。

猫は目を覚ますと、ミャアッと言って、寝室へと入っていった。

「だったらペルは、僕が引き取るよ。僕が自分の部屋で飼うことにするさ」

男は、歩いていくペルの滑らかな背中を見ながら言った。

女はひとしきり泣くと、冷蔵庫からシェリー酒を出して、グラスに一杯飲み、寝室へと消えていった。

男は、自分も冷蔵庫からシェリー酒を出したが、何杯飲んでも酔いはしなかった。

ベッドへ行くと、ペルは女の背の辺りに遠慮がちに身体を伸ばし眠っていた。

そんな姿の猫を、この女はなぜ愛しいと思えないのだろう。そしてそれでもなぜ、こんな女に自分は欲情するのだろう。男には、それが不思議でならなかった。

ペルをそっとベッドの下に置くと、男は女の背を撫でた。

「わかったよ。ペルは明日僕が返してこよう」

「あなたの子供が産みたいわ」

女は、起きていたのか、はっきりした声でそう言った。

「それは……不可能だ。君には無理なんだよ」

男に背中を見せたまま、女が言った。

「そう言ってくれてよかった。ペルと同じにはできないものね」

「もう少し二人でやってみよう」

女がこちらを向き男の胸の中に収まると、何も知ることのできないペルはふたたびベッドの隅に上がり丸くなった。

男は女の背中を撫でながら、猫と一緒にこの部屋を出て、自分の部屋でやり直す自分を想像してみた。彼女は五年前、野良猫のようだった。ペルシャ猫のようだったら、おれは好きにはならなかっただろう、と男は思う。それが、なぜ彼女にはわからないのだろうか。

ふたりの相棒

川西　蘭

かわにし・らん

広島県生まれ。1979年、早稲田大学在学中に『春一番が吹くまで』でデビュー。著書に『パイレーツによろしく』『はじまりは朝』『コーンクリームスープ』『バリエーション』『ボディ・コンシャス』『夏の少年』などがある。

1

十六歳のサマーシーズンを七月の最終週の週末から始めることに珠子《たまこ》は決めた。梅雨《つゆ》が明けて、からりと晴れ上がった空から強烈な夏の日差しが降り注ぐところを想像すると、珠子は嬉《うれ》しくなってつい微笑んでしまう。夏の光のなかで汗を一杯かきながら、バスケットボールをするのが、世界で一番楽しいサマーシーズンのすごし方だ。そう珠子は思っている。

珠子って変だよね、と女子校のクラスメートたちには言われる。

どっちが変だ、と珠子は思う。君たちみたいに男とファッションにしか興味がない方がよっぽど変じゃないか。

珠子って妙に健全だよね。

そう言ったのは、クラスで一番、顔色の悪い女の子だった。彼女は自殺マニアで、大量の薬品を買い込んで、自分の部屋の本棚にずらりと並べている、という噂《うわさ》がある。

健全で悪いか？　あたしは健全なバスケットボール少女であることを恥ずかしいとは思わないもんね、と珠子は胸を張って、言い返した。

憐《あわ》れみの視線を投げかけて、クラスメートは背を向けた。

健全ってことは、単純ってことなんだけど、珠子、わかってないんじゃないの？

ひそひそと話す声が聞こえる。

みんな、クールなふりをしている。何かに凄《すご》く絶望しなければ、クールになんかなれないはずなのに。みんな、そこのところをごまかしている気がする。

クールを気取る子が多い学校では、珠子は浮いた存在だ。今時、健全で単純なスポーツ少女なんて流行《はや》らない。でも、いいんだ、と珠子は思っている。あたしはバスケットボールが好きだから。別に健全で単純なことを誇りに思っているわけではないけれど。

バスケットボールの魅力を知ったのは、三年前。衛星放送でＮＢＡの試合を観て、衝撃を受けてしまった。世の中にこんな素晴らしいものが存在するとは……ああ、バスケットボールを知らないで生きてきた今までのあたしの人生はなんだったのかしら。

涙が出そうになった。

実に単純な反応だと思う。でも、事実なのだ。ＮＢＡのプレーヤーたちの並み外れた動き、スピーディでダイナミックな動きは、本当に素晴らしい。美しくてセクシーだ。あたしも絶対バスケットボールをやるぞ、と珠子は感激で体を震わせながら決意した。バスケットボールの喜びに触れて見せるぞ。

で、バスケットボール部に入部をしたのだけれど、三か月も続かなかった。体育会系のノリがどうしても合わなかったのだ。あの根拠のない先輩後輩の上下関係、だらだらと時間を食うばかりで効果のないトレーニング、そんなものは、苦痛でしかない。全然、楽しくない。マイケル・ジョーダンが苦しそうな顔をしてバスケットボールをしているかあ？　バスケって楽しいよな、おい、と言うように対戦チームのチャールズ・バークレイの肩をたたいているところをあたしはＮＢＡのファイナルでしっかりと見たぞ、おい。

なのに体育会系は禁欲的で、いまだに根性物語の世界で、スポーツを楽しむものだとは思っていない。

ばーか、と捨て科白《ぜりふ》を残して、珠子は退部した。

あんたなんかにバスケットボールはできないわよ、とキャプテンをしていた先輩は言った。真面目《まじめ》に練習もしないしさ、背も低いしさ。

背が低いのは、生まれつきだから仕方がないだろうが。背が低くたってバスケはできる。第一、いくら背が高くても日本人の女子の身長なんてしれたものだ。ダンク・ショットなんて逆立ちしたって決められないのだから。それに、みんながジョーダンのように宙を飛べるわけではないし、そんな必要もない。背が低くてもＮＢＡで活躍している選手だっているのだ。要するに、個性を活《い》かせばいいのだ。

背が高くたってね、と珠子はキャプテンに言ってやった。あんたみたいにノロマだったら、宝の持ち腐れじゃない。

体育会系バスケットボールとすっぱり縁を切った珠子は、自宅の近所の公園でひとりで練習を始めた。ボールとバスケットさえあれば、どこでもバスケットボールはできる。ちょうどストリート・バスケが流行り始めた頃で、珠子みたいに体育会系のノリについていけない少年たちや昔結構やってました風の大人たちが集まってきて、三対三（スリー・オン・スリー）に興じていた。

さすがに女の子がひとりでいって、すぐに仲間に入ることができる、という感じではなかったけれど、珠子は彼らのプレーを見て様々なテクニックを知り、ひとりで壁を相手に練習を重ねた。

「君、ちょっとやってみる?」

ある日曜の午後、三十すぎの男が声をかけてきた。毎週、週末になると公園にやって来て若者をカモにしている、昔は結構やってました風のオジサン三人組のひとりだった。

「あたし、試合したことないの」

「やってみるかどうか聞いてるんだけどな」

男はにやにや笑っている。

「やってみる」

珠子は言って、首にかけていたタオルをはずした。

男は友だちふたりのところに珠子を連れていった。彼らは木陰に座って、汗を拭《ふ》きながら、エヴィアンかなにかを飲んでいた。

デカイ奴《やつ》らだな、というのが、珠子の最初の印象だった。三人とも百九十センチ以上ありそうだった。

「俺、浅野」と男は言った。「で、こっちの太っているのが、小早川、で、そっちの生え際が後退しているのが、毛利。で、君は？」

「あたし、珠子」

「じゃあ、珠子、よろしくな。俺たち、みんな妻帯者だから、チーム内不倫《ふりん》は御法度《ごはっと》にしよう」

誰がオヤジと不倫するって言った？　と珠子は思ったけれど、口には出さなかった。彼らは悪い感じではなかった。それに、彼らはとても強いのだ。珠子が知っている限り、彼らはこの公園でのゲームで負けたことはなかった。

よろしくな、と口々に言いながら、彼らは大きな手で珠子の手を軽くたたいた。

『サンフレッチェ』というのが、彼らのチーム名で、それは、三本の矢、という意味なのだ、と浅野がオヤジらしくもったいぶった口調で説明してくれたけれど、そんなこと、珠子は知っていた。広島をフランチャイズにするサッカーチームの名前と一緒だから。

今日からは、『サンフレッチェ＋1』にしよう、と浅野は宣言した。毛利と小早川はあまり気乗りしない様子でうなずいた。『ヨンフレッチェ』にしようと言い出さなかっただけましだと思ったのかもしれない。

その日の午後はずっとゲームをしていた。珠子はでずっぱりだった。彼ら三人のうちふたりがゲームに出て、ひとりが休む。試合が終わる度に、彼らは珠子にアドヴァイスをした。もっとパスを早く投げろ、ドリブルを練習しろ、シュートを正確に打てるようにしろ、スピードに変化をつけろ、などなど。

彼らの指摘は正しい。彼らの目で見れば、珠子はまったくの初心者、足手まといに違いない。パスはカットされるし、シュートはブロックされるし、ドリブルはミスするし……。ああ、情けない、とは思うけれど、もっとくやしかったのは、彼らが対戦相手との力量のバランスを取るために珠子を使っているような気がしたことだ。珠子をのぞいたふたりだけでも充分に彼らは戦えるのだ。

夕暮れのベンチに腰を下ろして、汗を拭いていると、浅野が近づいてきた。

「珠子、今日はさんざんだったな」

「そうね」

「もうやめるって言い出すんじゃないか?」

「あたしはやめないよ」と珠子は言った。「でも、マスコットみたいに扱われるのは、嫌だ」

「ほお」

「今日みたいにされるのだったら、もうゲームなんかしなくていい」

「なるほど」浅野は唇の端を少し歪《ゆが》めて微笑した。「まっ、俺たちにも不純な動機があったことは認めるよ。可愛《かわい》い女の子がチームにいれば、なんとなく洒落《しやれ》てるじゃない？とかね。しかし、珠子が本気だったら俺たちも本気になるよ」

「物わかりがいいな」と珠子は言った。「よすぎるな」

浅野はちょっと嫌な顔をした。親切な優しい言葉をかけてやったのに、なんだこいつはって感じだった。

浅野はしばらく珠子の顔を見ていた。どういうリアクションをすべきか考えているようだった。バスケットボールをしている間はあんなに素早く、的確に反応ができるのに、コートを出てしまうと、反応が鈍ってしまうのはなぜだろう？　と珠子は思う。要するに、オヤジってことなのだろうか？

「来週、また俺たちはここに来るよ」と浅野は白い前歯を見せて言った。「珠子がよければ、チームに加わってくれ。今度はハードにやろう」

じゃあな、と軽く手を振って、浅野は他のふたりと一緒に去っていった。

物わかりの良い大人たちは、けれど、一度余裕を失うと、冷酷に弾圧を始める。彼らがそうでなければいいのだけれど、と珠子は三人のうしろ姿を見送りながら思った。


翌週の土曜日、珠子は一番早く公園のバスケットボール・スペースに到着した。壁にバスケットが取りつけられ、バスケットボールをするのに不自由のないスペースが確保されている。でも、正式なコートではない。そこに愛好者たちが集まってきてゲームに興じる。レベルはかなり高かった。

公園には他にもいろいろなスペースがある。ローラーブレードのスペース、ローラースケートのスペース、マウンテンバイクのスペース、犬愛好者のスペース、若い恋人たちのスペース、年を取ったカップルたちのスペース、それぞれのスペースに集まる人々は他のスペースを侵犯しないという暗黙の了解ができあがっている。

珠子は小脇《こわき》に抱えていたバスケットボールをベンチに置くと、肩からバッグを下ろし、ヘッドフォンステレオをつけたまま、念入りに柔軟体操を始めた。

少し動いただけで汗が滲《にじ》むほどの暑さだった。八月の終わりの太陽は容赦なく強い日差しを放っていた。

柔軟体操を終えると、珠子はミネラルウォーターを飲んで、少し休憩し、ドリブルの練習を始めた。ドリブル、パス、シュート、基本がまったくできていないのが弱点だと珠子は素直に認めていた。基本の習得は単調な繰り返し練習に耐えることだ。運動神経が悪いとは珠子は思っていない。体は柔らかかったし、敏捷《びんしょう》に動く。ボールの扱いに慣れれば、『サンフレッチェ』のメンバーたちの足手まといになるようなことはないだろう。

彼らは三人連れ立ってやって来た。白いタンクトップにショートパンツ、ハイカットのバスケットボールシューズ。おそろいのスタイルだ。三人は珠子を見つけると、よお、と手を上げて、互いに顔を見合わせ、にこにこ笑った。なにがおかしいのか、珠子にはわからなかった。

コートでは大学生くらいの男の子たちがゲームをしていた。因縁の対決らしく、口汚く罵《のの》り合ったり、ファール覚悟で激しく体をぶつけ合っていた。

ちらりとコートの方を見てから、浅野は珠子からボールを取り上げ、ぽんと毛利に放った。珠子の身長の低さをからかうような山なりのパスだった。毛利からボールを奪おうとすると、彼はにやにや笑いながら、小早川に早いパスを投げた。

なるほどね、と珠子はかっと体が熱くなるのを感じながら思った。もう始まってい
るわけね。

三人は珠子を取り囲み、笑顔のまま、パスを回す。珠子は飛びかうボールの間で翻《ほん》
弄《ろう》される。どんなに手を伸ばしても、ボールには触れることができない。フラストレ
ーション。闇雲《やみくも》に動き回るだけでは彼らからボールを奪うことはできない。

額から汗がしたたり落ちて、目に染みた。

涙が出そうになる。ぐっとこらえて、珠子はボールを持っている浅野をにらんだ。
浅野はボールを弾ませて、珠子を引きつけようとする。誘いに乗ってはいけない、と
思いながらも、珠子はじりじりと浅野に近づく。パスを出す相手は小早川か毛利か？
判断できない。

浅野の視線が小早川の方に動いた。フェイントか？　珠子は咄嗟《とっさ》に逆向きに体をひ
ねって、毛利の方に手を伸ばした。正解。指先にボールが触れる。コースを外れたボ
ールを必死になって追う。間一髪で転がるボールを押さえた。

「いい根性だ」

顔を上げると、毛利が手を差し出した。

根性なんて大嫌い。珠子は毛利の手を借りずに立ち上がった。

「三対一はフェアじゃないよ」

「たしかにな」苦笑して毛利が浅野を振り返った。「二対二にしよう」

「浅野と珠子」と小早川が言った。「毛利と俺」

「珠子、パスだ」

浅野が大きく広げた両手を頭の上でゆらゆらと振った。

二対二でパスを回し合う。少しでも油断をしていると、両手で持っているボールをすぐにたたき落とされる。

毛利の足の間を狙《ねら》って、ワンバウンドで浅野にパスを通した。なかなかやるね、と毛利が笑う。まっすぐに走って、早いパスを受ける。ドリブルを続けながら、毛利と向かい合う。腰を低くして、左右に大きく手を広げると、珠子には毛利が巨大な壁のように感じられる。壁だったら、そこにあるだけだけれど、毛利は隙《すき》があると、手を出してくる。ただし、壁はどんなにフェイントをかけてもびくともしないけれど、人間は違う。時にはバランスを崩す。

毛利の重心が左にかかった時を狙って、右に一歩踏み込んでパスを出した。焦ったせいでパスには勢いがなかった。簡単に小早川に横取りされて浅野は肩をすくめた。

一時間くらいパス回しの練習をしていたのではないか、と思ったけれど、実際には十分ほどしかたっていなかった。

コートが空いた、と浅野が言うと、彼らは動きをとめた。汗はかいていたけれど、息は乱れてはいなかった。彼らにとってはちょうど良いウォーミングアップだったのだろう。ぽいと肩ごしにボールを投げると（そのボールは正確に珠子の両手のなかにすっぽりと納まった）、三人は振り返りもせずに、コートに入っていった。

対戦相手はすぐに見つかり、ゲームが始まった。珠子ははあはあと荒い息を吐きながら、ベンチに座った。吐き気がしそうなほど疲れていた。ボトルに口をつけて、ごくごくとミネラルウォーターを飲む。じわっと体中に汗が吹き出し、胃がぴりぴりと痛んだ。

結局、その日は一度も試合には加われなかった。『サンフレッチェ』のメンバーたちはゲームが終わると、短い休憩を取ったあと、珠子を加えてパス回しの練習をした。

「結構、タフだな」帰り支度を終えた浅野がバッグを肩に担ぎながら言った。「じゃあ、また明日」

　夕暮れの頼りない陽光のなかを背の高い男たち三人が肩を並べて帰っていく。彼らにも家があって、バスケットボールとは関係のない生活も送っているのだ、と思うととても不思議な感じがした。

『サンフレッチェ』のメンバーたちは雨が降っていない限り、必ず土曜日と日曜日の午後には、公園に現れた。みんな、妻帯者だ、と宣言していたけれど、彼らの妻たちが同行することは一度もなかった。結婚生活が破綻《はたん》しているのではないか、と珠子は思ったこともあった。けれど、のほほんとして、バスケットボールに興じる彼らからは、深刻な問題を抱えている悲壮感のようなものはまったく感じられなかった。

『サンフレッチェ』のメンバーたちとのつきあいは、二年近く続いた。出会いが突然だったように別れも突然だった。

　その日、彼らは公園に現れると、珠子に試合に出るように言った。小早川が足首を捻《ねん》挫《ざ》したらしい。左足をちょっと引きずるように歩いている。

「負けられない相手なんだ」と小早川は顔をしかめて言った。「オジサンのプライドがかかっているんだ」

対戦相手のチームとなにかトラブルでもあったのだろう。『サンフレッチェ』は連戦連勝で、しかも相手を小馬鹿《こばか》にしたようなプレーをするから、彼らを快く思っていないチームもたくさんいた。

「俺が出られればいいんだけれど、この足じゃね」

悔しそうに足首を見た。

「珠子の方がまだましだ」と毛利が言った。「小早川は走れないんだから」

「マスコット扱いはしないからな」

喜ぶ珠子に浅野が釘《くぎ》を差した。

その日の彼らはいつもと少し違っていた。冗談も言わないし、笑みを浮かべることもない。真剣な顔をして、バスケットボールに集中している。

その頃には珠子の技量もかなり高いものになっていた。『サンフレッチェ』のメンバーたちの、しごきにも似たトレーニングと毎日の鍛錬の成果だった。珠子は朝晩、必ず自宅のあるマンションの駐車場で基礎訓練に励んでいた。その甲斐《かい》あって、ボールをある程度思い通りに操れるようになっていた。

最後のゲームの相手は大学生のチームだった。中学、高校とバスケットボール部で鍛えられた連中だ。俺たちは素人《しろうと》じゃないんだぜ、と鼻にかけている。

試合はいつになく激しいものになった。お互いに意地になって、ボールを奪い合い、体をぶつける。友好的な雰囲気などかけらもなかった。

珠子のミスで点を取られると、浅野と毛利は厳しい顔で叱責《しっせき》した。遊んでいるんじゃないんだぞ、と言っているみたいだった。遊ぶつもりだったら、さっさと帰れ。

試合はシーソー・ゲームだった。ミスをした方が負ける。珠子は素早い動きでコートを駆け回り、隙をついて、スリー・ポイント・シュートを放った。

ゲームに集中していると、他のふたりのメンバーの動きが目で確認しなくてもわかってくる。振り向かないで肩ごしにパスを出しても、受けてくれる相手がいることがはっきりとわかるのだ。自分が何をすればいいのかも、相手が何をのぞんでいるのかも、瞬時に理解できる。あとは体を動かすだけだ。

いいじゃん、と珠子は思った。この感じ、なかなかじゃん。

後半になって、大学生チームの集中がとぎれた。たて続けに浅野と毛利のシュートが決まった。最後までその点差を維持して、『サンフレッチェ＋1』は勝利した。

ベンチに座って試合を見守っていた小早川は、ぱんぱんと浅野と毛利の手をたたいたあと、一際強く珠子の手をたたいた。

「よくやった」

まあね、と珠子は自慢したい気分だった。

彼らは汗を拭《ぬぐ》うと、目で合図を送ってから、珠子の前に並んで立った。壁みたいだな、この人たちは、と珠子は思った。

「珠子」と浅野が言った。「俺たちは今日で引退する。みんな、離れ離れになるんだ。小早川は実家に帰って家業を継ぐ。毛利は離婚して新しい会社に移る。今までの会社はカミさんの父親がやっている会社だからさ。俺はベネズエラに単身赴任だ」

「じゃあ、みんな、いなくなるわけ?」

「そうだな」と浅野はこっくりうなずいた。「いなくなる。三人一緒にバスケットボールができるのは、いつになることやら……」

たぶん、そんな日はもう来ないだろう、と彼らは思っているようだった。

珠子は少し悲しい気分になった。今日のゲームで感じたような一体感を二度と感じることができないのかもしれない。

「珠子」と浅野が微笑して言った。「俺たちがいなくなってもバスケットボールをするのか？」

「もちろん」と珠子は言った。「だって、あたし、バスケットボールが好きだから」

「なかなかタフな少女だぜ」

小早川が言って、彼らは笑い声を上げた。

一緒にビールでも飲むか？　と毛利が誘ったけれど、珠子は断った。

「そうだな」と浅野がうなずきながら言った。「俺たちの感傷に珠子がつきあう必要はないからな」

じゃあ、元気で、と手を上げて、彼らは去っていった。一度も振り返らなかった。

夕暮れの日差しのなかを彼らは肩を並べて、ゆっくりと遠ざかっていった。

珠子はまぶたを擦《こす》って、彼らのうしろ姿を記憶に刻みつけようとした。けれど、彼らはもう木立ちの向こうに姿を消していた。

彼らは二度と公園のバスケットボール・スペースに姿を見せなかった。

今でも時々、珠子は彼らのことを思い出す。けれど、彼らの顔はぼんやりとしていて、長い手や脚が動くところが頭に浮かんでくるだけだった。

2

チームを作らなければならない、と珠子は思っていた。相棒と呼べるくらいに心が通じあうメンバーがふたり。性別にはこだわらない。女でも男でもいい。とにかく、バスケットボールが一緒にできるメンバーが必要だった。

心当たりはあった。

つい二週間ほど前のことだ。公園のバスケットボール・スペースで、ひとりきりでシュートの練習をしている男の子を見かけた。背が高くて（百八十センチは超えているだろう）、痩《や》せっぽちの高校生くらいの男の子。彼は黙々とシュートの練習を続けていた。珠子に気がつくと、男の子は練習をやめてコートを空けた。

午前中の早い時間だったから、コートにはまだ人が集まっていなかった。

一緒にやろうよ、と声をかけると、男の子は驚いたように目を見開き、顔の前で激しく手を振った。どうして？　いいじゃない、と言葉を続けるのを振り払うように立ち上がり、足早に去っていった。

変な奴、と珠子は思いながら、コートに入った。さっきまでシュートの練習をしていた男の子が立っていた場所には汗のしずくのあとが残っていた。

そこからゴールのバスケットに向かってシュートを放ってみた。ボールはバスケットのはるか手前に落下した。珠子の力ではごく普通に構えてシュートしたのではバスケットまでは届かない。思いきり力をこめてフックショットをすれば、届くかもしれないけれど、確率はものすごく低くなる。

無造作にシュートを放ち、バスケットに入れていた男の子のひょろりとした姿が頭に浮かんで消えた。あたしがゴールポストの方に切り込んで、相手をひきつけておいて、あの子にパスを返したら、ロングシュートを簡単に決めてくれるかもしれない、と珠子は思った。空を横切るように飛んでバスケットを揺らすボール。あっけにとられたような対戦相手の顔。はっきりとイメージが浮かんで、珠子は久しぶりにわくわくした。

学校が夏休みに入った日の午後、珠子は公園のベンチに座って背の高い男の子が現れるのを待った。

バスケットボール・スペースでは高校生くらいの男の子たちがボールを追いかけ回

していた。あまりうまくない。真剣にバスケットボールをやろうとは思っていないようだ。ただの遊び、時間潰《つぶ》し。それとも、アイスクリームをなめながらぶらぶらと歩いている女の子をナンパするため？

梅雨が明けて、陽光は燃え上がる炎を思わせる。じっと座っているだけでも汗が滲んでくる。コートに立って体を動かせば、体中の水分が吹き出してきそうだ。

汗をかくのは嫌いではない。体のなかに溜《た》まっている汚れ、澱《よど》んで腐臭を漂わせているものが汗とともに流れ出す感じがするから。どんどん水を飲みながら、汗をかいていると、そのうちに汗はさらりとして、嫌な臭《にお》いもしなくなる。体が軽くなり、動きがシャープになる。そうなったら、いくら暑くても夏を快適にすごすことができる。太陽の光を浴びて、日焼けし、贅肉《ぜいにく》はそぎ落とされる。

珠子はヘッドフォンステレオの音量を上げた。ラップ・ミュージック。耳から伝わるリズムに体が同調する。細胞のひとつひとつがリズムに合わせて動いている。珠子はバスケットボールのプレーをリズムに合わせてイメージする。やがて彼女はイメージのなかに入り込み、動き、走り、跳《と》んで、ボールをバスケットのなかにたたき入れる……。

来た。

珠子はヘッドフォンをはずして、ベンチから立ち上がった。胸がかすかにときめいている。なんとなく乳首が痛む。変な感じだ。

背の高い男の子は小太りの男の子と一緒だった。ふたりはTシャツを着て、ランニング用のショートパンツを穿《は》いている。首にはタオル。ジョギングでもするようなスタイルだ。

背の高い男の子はコートの端で立ち止まり、珠子を見た。短く切りそろえた髪を撫《な》で上げる。ちょっと気弱さを感じさせる笑みを浮かべると、珠子に向かって軽く手を振った。

ふたりの男の子がゆっくりと近づいてくる。小太りの男の子は、初めてここに来たのか、もの珍しそうにあたりを見回している。

「やあ」と背の高い男の子が言った。「いるんじゃないかと思ったよ」

「あたしも、来るんじゃないかと思った」

「俺、吉田。こいつ、渡辺。バスケの経験はないんだけど、連れてきた」

「あたし、珠子。よろしくね」

手を差し出すと、渡辺はどぎまぎしながら、珠子の手を握った。男の子のくせに、とても柔らかな手だった。

「よろしく」

吉田の手は大きくてがっしりとしていた。でも、武骨なだけではなくて繊細さも感じられる。吉田の手を握ると、珠子はちょっと胸がどきどきした。変な感じだ、と珠子は思う。あたしが変なのかな？

「練習、見てたよ」と吉田が手を放して言った。「うまいね」

「ありがとう」と珠子は言った。「で、あたしたち、チームを組むわけね？」

「そのつもりだけれど」

吉田はちらりと渡辺を見た。

渡辺のTシャツはすでに汗でぐっしょりと濡れていた。顔は赤いし、息も荒くなっている。どう見ても激しい運動ができるような状態ではなかった。

「大丈夫だよ」ふたりの視線を感じて、渡辺は口を尖《とが》らせた。「バスケットボールは中学の頃、体育の時間でやったことがあるから」

「それって、ルールを知っている、ということ？」

珠子が訊《き》くと、渡辺は仏頂面を作って、まあね、とうなずいた。

「とにかく、パスの練習でもしようよ」

白けた雰囲気を取り繕うように吉田が言った。

三人でボールを回し始める。渡辺は、案の定、下手《へた》だった。ボールを受け取ったり、投げたり、といった本当に基本的なことすら満足にできないのだ。渡辺は今までにスポーツなんてしたことがないのではないか、と珠子は思った。

吉田と珠子の間ではかなりスピードのあるボールがやり取りされた。吉田はクラブ活動でバスケットボールをやっていたことがあるタイプだ。けれど、吉田は今ひとつ機敏に動き回るのが苦手なようだ。渡辺がミスしたボールを拾いにいく時にものそのそしていた。

これは結構、大変だな、と珠子はパスの練習をしながら思っていた。『サンフレッチェ』のメンバーたちがやっていたバスケットボールとは、格段にレベルが違うのだ。

「君たち、ゲームやらない？」

コートにいた高校生の男の子たちから声がかかった。ガムを噛《か》みながら、にやにや笑っている奴、ワンレンに伸ばした髪を茶色に染めている奴、耳に金色のピアスを光らせている奴。珠子たちが練習しているのを見て、これなら勝てる、と思ったのだろう。

やらない、と珠子が答える前に、いいよ、と渡辺が応じた。やろうよ、ゲーム。練習だけじゃ、つまんないよ。

この馬鹿、と思ったけれど、もう遅かった。ガムを噛んでいた男の子が、ぽんとボールを珠子に放った。

試合が始まると、すぐに珠子は負けを覚悟した。相手の動きは鈍い。けれど、味方の動きの方がもっと鈍い。珠子がゴール下に切り込んでも、相手は身長にものを言わせて上からプレッシャーをかけてくる。パスを出そうとしても、渡辺はよたよたしていて簡単にカットされてしまう。吉田はロングシュートを狙うのだけれど、ぎりぎりのところで外れてしまう。

相手チームは楽にパスを回し、ゴールを決めていた。珠子は自分ひとりが動き回っている気がした。気持ちが焦る。これでは駄目だ、と思う。ボールを手にすると、闇雲に突っ込んでいって、シュートを放つ。そんな時に限って吉田がマークを外して、フリーになっている。

急造のチームだから、コンビネーションがうまくいくわけはない。それでも、パスを出したい位置に人がいないと罵倒《ばとう》したくなる。渡辺くん、なに、やってるのよ、もっと動いて。吉田くん、こっち、こっちだったら、今、ボールをくれたら、ゴールできるから。

三人の動きが嚙み合わないままに、ゲームは終わった。大敗だった。高校生の男の子たちは余裕の笑みを浮かべて、まっ、こんなものだろうね、もう少し強くなったら、相手をしてあげるよ、と言い放った。

あんたたちなんかに負けるはずはないんだ、と珠子は言い返したかった。『サンフレッチェ』のオヤジがひとりでもいたら、簡単に捻《ひね》ってやれたのに。

「なに怒ってるの？　珠子」

渡辺が訊いた。彼はベンチに座って、タオルで額の汗を拭うなり、ああ、スポーツって気持ちがいいなあ、と呑気《のんき》な声を出したのだ。

「怒ってないよ」と珠子は言った。「ただ、くやしいだけ」

「だって、あいつら、うまいじゃない」

くやしそうな素振りも見せない渡辺の丸っこいほっぺたをひっぱたいてやりたい、

と珠子は思った。

「初戦だから、仕方ないよ」と吉田がなだめるような口調で言った。「チームプレーもできないしさ」

「そうだよ」と渡辺が元気よく言った。「チームプレーができないんだよ、俺たちは。だけど、そのうちできるようになるよ」

あんたと組んでいたら、五百年かかってもチームプレーなんてできない、と珠子は心の中で毒づいた。

珠子は黙り込んで、汚れと汗を落とすスプレーシャワーを腕と脚にかけて、丁寧にタオルで拭った。冷たさが肌にしみ込んで、少しだけいい気分になる。ふと視線を感じて、顔を上げると、渡辺が珠子の脚を見ていた。なんと言うか、ちょっと好色な中年男を思わせる目だった。

珠子がにらみ返すと、渡辺はあわてて視線をそらせた。汗で濡れたTシャツが背中に張りついて、ピンク色のしまりのない肉の盛り上がりが透けて見えている。珠子はかすかな吐き気を感じて、バスケットボール・シューズの紐《ひも》を結び直した。鍛えられていない体はどうしてあんなにも生々しく、いやらしさを感じさせるのだろう?

「少し休んだら」と珠子は吉田に言った。「チームプレーの練習をしよう」

吉田は黙ってうなずいたけれど、渡辺は抗議の声を上げた。

「ええ？　またやるの？　どっか涼しいところに行って、お茶でも飲もうよ」

渡辺の提案は、ふたりの冷たい視線のもとに即座に却下された。


「珠子って、学校はどこ？　何年？　家はどこにあるの？　そうだ、電話番号を教えてくれない？　ポケベル、持ってる？」

渡辺は冷房の利いたファミリーレストランに入ると、急に元気になってまくしたてた。

公園の近くにあるファミリーレストランは、さまざまなスタイルをした客でにぎわっていた。公園でスポーツやその他の趣味（たとえば、ラジコンカーとか日光浴とかデートとか）を楽しんだ人々を、多少の服装の乱れや汗臭さには目をつぶって、快く受け入れるからだ。

そんなわけで、練習を終えて、お茶を飲むことにした時、まず最初に頭に浮かんだのは、このファミリーレストランだった。

珠子は練習が終わったら、さっさと帰るつもりだった。けれど、渡辺が執拗《しつよう》に誘うので、初めてチームを組んだ記念としてつきあうことにした。

じゃあ、また、と軽く手を上げて、公園から立ち去っていった『サンフレッチェ』のメンバーたちとのつきあいの方が、ずっとあっさりとしていてスマートだと珠子は思っていた。

彼らと吉田くんと渡辺くんを比べてはいけない、とは思うのだけれど、どうしても比較してしまう。彼らはもういないのだ。チームを組んでいるのは吉田くんと渡辺くんなのだ、と自分に言い聞かせ、その度にため息が出そうになった。

「あたし」と水を飲んでから、珠子は渡辺に言った。「個人的なつきあいをする気はないから。バスケットボールだけのつきあいをしたいの」

「そんな殺生な」渡辺は両手で持ったチーズバーガーにかぶりつく。「せっかくチームを作ったんだから、楽しいこと、いっぱいしようよ。バスケットボールだけじゃなくてさ」

「あたしは、バスケットボールがしたいの」視線を吉田に向ける。「他に楽しいことなんてないから」

「ぼくが教えてあげるよ」

にやけた口調で渡辺が言った。

吉田はコーラを一口飲むと、まばたきをして、ガラス越しに通りを見やった。夕暮れが近づいている。走り抜ける車のフロント・ガラスに夕暮れの光が反射する。

「俺もバスケットボールがしたいな」と吉田はつぶやくように言った。白い前歯が唇をかんだ。「今日みたいに惨めな負け方をするのは嫌だな」

「本気かよ？」

渡辺が茶化すように言った。

「本気だよ」吉田は隣に座っている渡辺の肩にどすんと手を置いた。「あいつらに勝つまでは、やる」

「吉田、どうかしちゃったんじゃないの？　俺、もうへとへとだぜ。明日、起き上がれるかどうかもわからない。毎日、やるのか？　こんなこと」

「そうだ」と吉田は力強く言った。「雨の日を除いては」

「雨が降るのを祈るしかないな」

渡辺は首を振りながら、ぼやいた。

「当分、雨は降らないわよ」

珠子はようやく微笑して言った。

3

三週間、雨は降らなかった。

吉田はもちろん、渡辺も毎日、公園に通ってきた。最初の一週間は、疲れた疲れたと言っては休みたがったし、体の動きも鈍かったけれど、二週間めに入ると、体が慣れてきたのか、渡辺も見違えるほど素早く動けるようになった。

俺、こんなに痩せちゃった、とTシャツの裾《すそ》をまくり上げて、少し締まった腹を自慢そうに見せたりもした。

けれど、チームはまだ一勝も挙げていなかった。一日に一ゲームだけ、相手を選んで試合をしていた。練習ではなんなくこなせるプレーも試合になると、うまくいかなかった。大事なところでミスが出て、試合を落としてしまう。ミスをするのは、たいてい、渡辺だった。

珠子と吉田のコンビプレーは、着実に進歩していた。鮮やかに決まって、相手チームからも賞賛されることがあった。珠子は少しずつバスケットボールを楽しめるようになっていた。一勝もしていなかったけれど、内容には満足できる試合もいくつかあった。振り向きざまに早いパスを出して、吉田が受け取り、ゴールを決めたりする時には、胸の奥がじんと熱くなった。たまに、渡辺がトイレに行って、吉田とふたりきりになると、珠子は少し落ち着かない気分になった。なにかの拍子に吉田の手が肩に触れたりすると、そこだけ電流が走ったみたいに痺《しび》れる感じがした。ぼんやりしている時に、ふと吉田の顔や体が思い浮かんだりもした。そんな時、珠子はわけもなく体が熱くなって、手近にあるものをつかんで壁に投げつけたい衝動にかられた。

「珠子、俺とつきあってくれないか?」

渡辺は真面目な顔をして言った。

公園から帰宅して、シャワーを浴び終わった時に、ドアのチャイムが鳴った。両親はまだ会社から戻って来ていなかった。彼らは一人娘の世話よりも自分の仕事を大切にしているようだった。珠子が物心ついてから、ずっとそうだ。

素肌にTシャツを着て、ショートパンツを穿いて、珠子は玄関のドアを開けた。渡辺がちょっと照れ臭そうな笑みを浮かべて立っていた。

「驚いた？」

うん、と珠子はうなずいた。吉田にも渡辺にも自宅の住所を知らせていなかった。

「悪いと思ったんだけれど、珠子のあとをつけてきたんだ」

日焼けした顔を引きつらせて笑う。渡辺の緊張が珠子に伝染する。珠子は玄関の明かりをつけた。暗がりのなかで向き合っていると、怪しい雰囲気になりそうだったから。

「珠子、俺とつきあってくれないか？」

「つきあうって？」

「わかってるだろう？　彼女になって欲しいんだよ」

これって告白？　と珠子は思った。あたしが渡辺くんのカノジョになるわけ？

「俺、珠子がずっと好きだったんだ。バスケットボールの練習を続けたのも珠子に会える楽しみがあったからなんだ。そうでなければ、あんな疲れることしたくないよ。でも、今ではバスケットボールが好きだけれどね」

渡辺は深く息を吸い込んで、ゆっくりと吐き出した。頬《ほお》が強張《こわば》っているのに、笑おうとするから、泣き出しそうな顔になった。渡辺はじっと珠子の目を見た。お願いだからそんな目で見ないで、と珠子は言いたかった。渡辺の目はとてもナイーブな少年の熱意を感じさせた。心が動きそうだった。珠子は渡辺から目をそらして靴箱の上のタヌキの置物を見た。父親がどこかに出張した時に買ってきたファニーな置物だった。パパにそっくりだとママは言っている。

「悪いけど」と珠子は言った。「渡辺くんとはバスケットボールだけのつきあいにしたいの」

渡辺はがっくりと肩を落とし、顔を伏せた。着替えたばかりのポロシャツはぶかぶかだった。一夏で彼はサイズひとつ分の贅肉を落としたのだ。

「やっぱり吉田が好きなのか?」

渡辺が押し殺した声で訊いた。

「そういうわけじゃないけど……」

渡辺はうつむいたまま、しばらく何も言わなかった。空気がとても重苦しくなって、息もできない気がした。

珠子、と大きな声で呼びかけて、いきなり渡辺が抱きついてきた。ちょっとやめてよ、渡辺くん、と言いながら、珠子は彼の腕を外させようとした。けれど、渡辺の力は強かった。

ぐいぐいと力を込めて、珠子の細い体を抱き締め、左の肩に額を押しつける。これ以上、体重をかけてきたら、膝《ひざ》で男の急所を思いきり蹴《け》り上げてやろう、と珠子は思った。

けれど、渡辺は珠子の体を抱き締めたまま、動きをとめた。首筋に渡辺の息づかいを感じる。頬がほてってくる。押しつぶされた乳房がちょっと痛い。そのまま、時間がすぎていった。雷鳴が聞こえ、雨が降り始める音が響いた。

渡辺は珠子から腕を放すと、手の甲で顔をこすった。泣いているのではないか、と珠子は思った。渡辺は深呼吸をひとつして、顔を上げた。目のまわりにうっすらと汗か涙のあとが残っていた。

「ごめんな、珠子」とぎこちない笑顔を作って渡辺は言った。「こんなことして。俺、サイテーだよな」

渡辺はくるりと背を向けると、ドアを押し開いて外に駆け出していった。階段を下りる足音が響く。

珠子は渡辺のあとを追った。このまま帰してはいけない気がした。

ロビーまで下りた時には、渡辺はもうマンションの敷地の外に出ようとしていた。

「渡辺くん」と珠子は叫んだ。

激しい雨で渡辺の姿はかすんでいる。

足をとめ、振り返ったように見えたけれど、たしかではない。雨のなかに駆け出そうとして、珠子はためらった。追いかければ、きっと渡辺くんを受け入れることになるだろう。チームメートを失いたくはない。けれど、情に流されて彼とつきあえば、きっと後悔するにちがいない。

雨音が強くなる。地面に跳《は》ね返った雨が足を濡らした。珠子は暗くなるまでマンションのロビーに立ち尽くし、雨を見ていた。


四日間雨が降り続いた。

のろのろ移動する台風のせいだ。

ようやく台風が通りすぎると、晴天の空にはもう秋の気配が感じられた。日差しは強いけれど、風は涼しく乾いている。

珠子は少し暗い気分で公園に行った。

バスケットボール・スペースには、水たまりができていた。日差しを反射して、水たまりは鏡のように輝いている。

ベンチにバッグを置いて、珠子はヘッドフォンステレオでラップ・ミュージックを聞きながら、渡辺と吉田が現れるのを待った。

いつものようにリズムに体を同調させようとしたけれど、うまくいかなかった。ふたりはもう二度と公園に来ないのではないか。そう思うと、体からリズムは失われ、気分は暗くなっていく。

「やあ、久しぶりだな。相棒たちは、来ないのか？　それとも、君はウスノロたちを見限ったのか？　俺たちとバスケットボールでもしないか？　なんなら、もっと楽しいことの相手をしてやってもいいぜ」

例の高校生たちだった。サマーシーズン最初の試合で対戦した相手。彼らはまっくろに日焼けした体を誇らしげにタンクトップとショートパンツで包んでいる。姿を見かけなかった間、海にでも行っていたのだろう。

珠子は腕を組んで、彼らをにらみつけた。

彼らはにやにや笑いながら、珠子に近づいてくる。珠子はバッグに手を伸ばした。

逃げ出そうとした時、コートの向こうから吉田が歩いてくるのが見えた。Tシャツに
ショートパンツ、首にはタオル。初めて会った時と同じ格好をしている。

「ゲームをしよう」と珠子は立ち上がって、彼らに言った。「相棒が来たから」

「上等じゃない」とピアスをした子が言った。「でも、負けたら、君は俺らとつきあうんだぜ」

「いいよ」と珠子は言った。「でも、あたしたちが勝ったら、土下座して謝るんだぜ」

ひゅう、と彼らは奇声を上げながら、コートに入っていった。ボールを回し、ひとりずつシュートを決めていく。一夏の間に彼らも随分腕を上げたようだった。

勝てるだろうか、と珠子は不安になった。

不安を追い払うように首を振る。ラップ・ミュージックのリズムが体のなかに甦《よみがえ》る。リズムに体が同調している限り、負けることはないだろう。でも、リズムを失ってしまったら？

「珠子」と吉田が声をかけた。「久しぶりだな」

吉田はひとりだった。ひとりでいる吉田は、なんとなく頼りない感じがした。三人でいることに慣れていたのだ、と珠子は思う。激しい雨のなかを駆けていく渡辺のうしろ姿が脳裏をよぎる。

「渡辺は来ない」とバッグを置いて、吉田は言った。「珠子によろしく伝えてくれと言っていた」

「そう」

胸がちくりと痛んだ。

「何があったんだ？」

吉田が横目で珠子を見た。

「なんにも」

「渡辺はもうバスケットボールをやめると言っていたよ」

「そう」

「何があったんだ？」

珠子の目をのぞき込むようにして吉田が訊いた。吉田の茶色い瞳《ひとみ》に映る自分の顔を珠子はじっと見る。

「渡辺くんにつきあってくれ、って言われたの」珠子は深呼吸をした。「断ったの」

「そうか」

吉田はため息をついて、空を見上げた。まばたきをして、珠子に視線を戻す。

「珠子は渡辺が嫌いなのか？」

「嫌いじゃないよ。友だちとしてつきあうのだったら」

吉田は短い髪を撫で上げると、大きく息を吐いた。

「ややこしいな」

珠子は肩をすくめ、それから、コートで練習をしている高校生たちに目を向けた。

「あいつらと試合をすることになったの」

「試合？　ふたりしかいないのに」

「二対二でやるわ」

珠子はぽんとボールを弾ませた。

風が吹き抜けて、水たまりにさざなみがたった。

「珠子、ちょっと変だな」吉田の顔が厳しくなる。「何か賭《か》けたのか？」

「試合に勝ったら、教えてあげる」

「負けたら？」

「あたしたちは、負けない」

きっぱりと言って、珠子はコートに向かって歩き始めた。吉田は入念にストレッチをして、バンダナを鉢巻きのように頭に巻いた。

二対二、と珠子が申し出ると、相手は受けた。

珠子が振り返ると、吉田がうなずいた。ボールを数回やり取りする。言葉のない会話だった。勝つのよ、と珠子は言い、勝つんだ、と吉田が言う。集中して、と珠子が言い、集中しろ、と吉田が言い返す。最後に吉田が遠くのゴールに向かって、フックショットを放った。鮮やかな弧を描いて、ボールはバスケットに飛び込み、ネットを揺らした。

ゲームが始まった。

こちらがゴールを決めれば、相手も決める、といった調子で進んだ。

少しずつ、相手の当たりが強くなった。がんと肩をぶつけて、ボールをはじき飛ばそうとする。明らかにファールだったけれど、審判はいない。

吉田が体当たりされて、転び、足首を捻った。すぐに立ち上がったけれど、動きは鈍った。二点のビハインドをなかなか取り戻せない。珠子は焦りを感じる。落ち着け、と吉田が声をかける。焦るな。

焦るわよ、と珠子は声を出して言い返したかった。負けたら、あたし、こいつらに酷《ひど》い目に遭わされるのよ。

逆転を狙った吉田のスリー・ポイント・シュートが外れた。リバウンドを珠子が取った。振り向いて、吉田にパスを送る。受け取った吉田は、一瞬、躊躇《ちゅうちょ》した。シュートを放つタイミングは失われた。相手が両手を高く上げて、ブロックする。

珠子はとっさに右うしろに走り、ワンバウンドで吉田からのパスを受け取った。振り返る。ゴールがとても遠く感じられる。

シュートと吉田が叫んだ。

珠子はゴールに向けて、ボールを放った。

リングの上で二度弾んでから、ボールはバスケットのなかに入った。

ゲーム・セット。

一点差の辛勝だった。

高校生たちの顔に凶暴な表情が浮かんでいる。珠子は吉田の手をつかむと、コートから駆け出した。ベンチに置いていたバッグを取って、走る。追いかけてくる気配はなかった。

公園を出たところで足をとめると、吉田は荒い息を吐きながら、一体、なんなんだ、と珠子を問い詰めた。

事情を説明すると、吉田の顔色が変わった。バカヤロウ、と叫んで、いきなり頰を平手で張った。痛みよりも驚きの方が大きかった。珠子は頰に手を当てて、呆然《ぼうぜん》と吉田を見返した。

吉田自身も自分の行動にびっくりしているみたいだった。

「ごめん」と彼は言った。「殴って悪かった。でも、珠子、無茶だよ、そんな賭《かけ》をするのは」

「無茶なことはわかってた。でも、したかったのよ。どうしてって？　それはね、吉田くんがはっきりとしないからよ。吉田くん、君、あたしのことが好きなの？　あたしは、吉田くんのことが好きだ」

言ってしまって珠子は初めて自分の気持ちがはっきりとした気がした。そうなんだ、あたしは吉田くんが好きなんだ。ずっと前から、初めて会った時から好きだったんだ。

「俺も珠子が好きだよ」

ぽつりと吉田は言った。

でも、渡辺の気持ちも知っていたから、と吉田は弁解するようにしゃべっていたけれど、珠子は聞いていなかった。珠子は吉田の額に手を伸ばして、指先で汗を拭ってやった。

吉田は口を閉じた。珠子、とかすれ声でつぶやいて、両手を肩に乗せ、珠子の体を引き寄せる。珠子は目を閉じて、吉田の吐息を感じると、目を開いて、ちょっと頭をうしろにそらせた。

「お返しよ」

そう言って、吉田の頬を平手で軽くたたいた。ぽかんとした吉田の顔がおかしくて、珠子は笑いながら、吉田の頬に唇を押しつけた。汗の匂いがかすかに鼻をくすぐった。もう一度、今度は唇にキスをしようとすると、吉田が珠子を突き放した。

「渡辺だ」

つぶやいて、吉田は手を振った。嬉しそうな笑顔。振り返ると、渡辺が通りの向こうを歩いていた。シカゴ・ブルズのユニフォームを着て、ボールを小脇に抱え、リズムに乗ってステップでも踏む感じで大股《おおまた》に歩いている。

珠子たちに気がつくと、渡辺は小走りに駆け寄ってきた。軽くジャンプして、吉田と手を合わせる。パンと小気味の良い音が響いた。

珠子が手を差し出すと、渡辺は少し照れ臭そうに笑って、パンと手をたたいた。

「相棒たち」と渡辺はおどけた感じでふたりに言った。「こんなところで遊んでないで、早くコートに行って、ろくでもない奴らをたたきのめしてやろうぜ」

ふたりの相棒とバスケットボール・スペースに引き返しながら、珠子はラップ・ミュージックのリズムが体の奥から湧《わ》き出してくるのをとても幸福な気分で感じていた。

クーリング・ダウン

川島　誠

かわしま・まこと

東京都生まれ。1983年、児童文学雑誌に「幸福とは撃ち終わったばかりのまだ熱い銃」が掲載されデビュー。92年に初の長編『800』で注目を浴びる。著書に『夏のこどもたち』『もういちど走り出そう』『ロッカーズ』『セカンド・ショット』などがある。

ドアを開ける、その瞬間が好きだ。

外に走り出る。

まだ薄暗かった。

朝にロング・ジョッグを始める時間は、早ければ早いほどいいと思う。ちょっと、おおげさな言い方だけど、そのほうが緊張感があって。

ひとと擦れ違ったりしない時間に、ひとりで走りたい。

でも、このごろは、朝練習はからだに悪いっていう説が有力。

剣道の寒稽古《かんげいこ》みたいなのが最低だって。ちゃんと食事をして休息をして、コンディションを整え血糖値を上げてから、運動を始めるべきだ。

だけど、気持ちがいいんだったら、べつにねえ。

だいたい、ぼくは、陸上競技なんかとは無関係に、小さいころから早起きだった。小学五年生のときに、朝、学校に行く前に犬を散歩させる権利を、裕《ユウ》から譲ってもらったくらい。

それは、家で飼っている犬だったのだけど、上の兄の裕の犬だと、なんとなくみんなで思っていた。

黒くて硬い毛をした、結構、大きい雑種。

一緒に散歩していて、女の子が駆け寄ってきて撫《な》でるなんてことは、あまりない。いや、全然、なかった。

でも、そんなことより、ネーミングに問題があったと、ぼくは思う。

だって、その犬の名は、ジョンコっていう。

とんでもない名前だ。コというのは、子なのだ。

生まれてそれほどたってない子犬を、裕が海で拾ってきた。砂浜で風に吹かれ震えていたのを、抱えて帰ってきたのだ。

ぼくが小学校にはいったばかりのころ。

そのときの光景は、ぼくの頭にはっきりと焼きついている。裕の紺色のフェルト地のジャンパーの中にくるまれた子犬の閉じた眼まで。

でも、それは、きっと嘘《うそ》で、家族から聞いた話から、あとで自分で作り上げた映像なのだろうけど。

それで、その子犬を家で飼ってもらうのに成功した裕は、ただちにジョンと命名した。オスかメスかの確認もせずに。

当時、アメリカ人だかイギリス人だかのジョンという名前の響きを、裕はそれほど気にいっていたのだろうか。

あるいは、男である自分が拾った犬はオスなのだ、と単純に考えたとしたなら、まあ、裕には、ありそうなことだ。

それより、両親のどちらかが、犬の雌雄についてアドバイスをすることが、なぜなかったのか。それが、ぼくの疑問。

もともと、あまりこどもに関心が強い家庭だったとは思わない。でも、それくらいは。

ともかく、ジョンと呼ばれていた子犬は、ある日、突然メスだと判明した。

経緯は知らない。

裕は、そのとき、教えてくれなかった。その後、ずいぶんとたってから、一度だけぼくが聞いたときにも、話してくれなかった。

まあ、裕は、いつもあまりしゃべらないほうだから、そんなものなのだけど。

メスだとわかった日、裕は、下の兄の零《レイ》と、ぼくを集めた。ジョンの犬小屋の前に。そして、ジョンは、その場でただちに改名されたのだった。

あしたからは、ジョン子と呼べ、いいな。

いまだったら、裕に言いかえせたと思う。でも、そのころ、裕の指示は絶対だった。零でさえ、うなずくだけだったのだ。

雨の日をのぞいて、毎朝、ジョン子は、二階からぼくが降りてくるのを待っていた。待ちきれず、散歩の予感に、早くも息をぜいぜいとさせていた。

ぼくは、ジョン子と海岸まで走って行き、急な階段を下って砂浜に降りると、首輪から散歩用の紐《ひも》をはずした。ジョン子は、岬の岩場を目指し、まっすぐに走る。

ジョン子は、二年前に死んだ。

その前の一年ぐらいの間は、朝、ぼくが出ていっても、嬉《うれ》しいというより、なんか情けない顔をしてた。

昔は、ジョン子が走るのを、海岸にすわってぼくが見ていたのだ。それなのに、どこかでぼくの方が、速く、長く走れるようになってしまった。

走るぼくを、ジョン子が砂浜に腹をつけ、寝そべってながめるようになった。

そのことをジョン子が残念に思っている。ぼくは勝手にそんなふうに考えていたのだけど。

ジョン子が死んでからは、犬を飼う話はない。犬小屋も片づけられた。

でも、ジョン子のいたところは、そこだけ、なんとなく空間があいている。雑草のはえかたが、まだ、他と違っている。


砂浜で、ぼくは、下半身を中心に、軽くひとセット、ストレッチングをした。

朝の海は、波がそんなに立っていなかった。風が穏やかで、気持ちがよい。

ぼくは、波打ち際の、砂の硬いところを選んでジョッグする。

からだが軽くて、リズムがある。

今朝、早朝練習の気分がいいのは、天気の他にも理由があった。ぼくの高校の陸上部が、県の駅伝大会に出場することになったのだ。

陸上部なのだから、当たり前のことに聞こえるかもしれない。

でも、これはビッグ・ニュース。実は、六年ぶりになることなのだそうだ。

理由は簡単だった。

長距離部員が集まらない。高校駅伝に出場するには、最小限で七人も必要なのだから。

ぼくの通ってる県庁所在地にある高校は、進学校だから春先で三年は引退しちゃう。だから、一年と二年でそれだけ集めるのはたいへん。

実際は、今年も、七人集まったわけではない。

最短の2区の3キロは、短距離組から選ばれることになる。

だれが走らされるかで、短距離のパートでは戦々恐々になってる。

ぼくは、実力からいったら、400メートル・ハードルをしている二年生の先輩が走るといいと思う。顧問の先生は、伸び悩み気味のロング・ジャンパーの一年を出したがってるっていう説。噂《うわさ》だけど。

長距離をやってたら、駅伝は、本当は他に代えられないくらいの、一年を通じての大目標のはず。

県で優勝すれば、年末、京都で行われる全国大会に出場できる。でも、うちのチームでは、そんなことは絶対に有り得ない。

うん。世の中でこのくらい確信できることって少ない。

ぼくの高校の野球部が甲子園に出る可能性も、限りなくゼロに近い。でも、ピッチャーにたまたますごいやつがいたりすると、野球っていうスポーツはなんとかなる。駅伝では、七人をそろえなきゃいけないんだから。陸上競技に力を入れてて、有望な中学生をスカウトしてる学校は、ものすごく速い。この差は、歴然。

だから、陸上部全体では、もうひとつ駅伝に燃えてるわけではなかった。ぼくとしてはレースがひとつ増えるのは、なかなかの楽しみだったけど。


空いている教室を使ってミーティングがあった。いつも練習の終わりにトラックでやるようなのじゃなくて、少しあらたまった感じ。

顧問も、ちょっとまじめに、

「じゃあ、発表するぞ」

って、みんなの顔を見渡す。

自分も陸上を中・高でしてたっていう地理の先生。大学を出たばかりで、ぼくたちよりも元気なくらい。

駅伝の区の数字を、まず、黒板に書く。その下に名前。

ぼくは7区だった。つまり、アンカー。これって、べつに一番速いからじゃない。長距離部長で実力のある二年生が、1区の10キロを走る。次に速い、やっぱり二年が7キロの区間。

そうやってくと、ぼくには5キロが回ってくる。だいたい、予想通り。

新人戦の県大会の五千メートルで、ぼくは決勝に進めた。うちの高校ぐらいだと、かなり有望なロング・ディスタンス・ランナーのはず。ちょっとビギナーズ・ラック的な感じもあったけど。

でも、体力的には、いまのところレースでは5キロぐらいが限界。6区も同じ5キロだから、そこを走る同級生より微妙に期待されてると言えないこともない。まあ、たいした差はないなあ。

予想外だったのは、それぞれのランナーに担当の部員がつくこと。

1区のスタート以外は、中継点で待つことになる。そこで細かい仕事がある。

それまでの順位を確認したり、コールを聞き逃さないようにしたり。あるいは走り出す前に脱いだアップ用のウェアを受け取ったり。

言われてみれば、納得できる。

顧問の教師は、その担当部員の名前を、さっき書いた区割りの下に書いていった。

当日に走らない、短距離やフィィールドの部員。

三年が抜けて、陸上部は、いまは男女あわせて二十人ぐらいしかいなかった。最後のぼくのところまで来ると、残ってるひとは少ない。

いやな予感がした。

で、そのとおり、なんと橋場さんになってしまった。

ハイ・ジャンプをしてる二年の女の人。

「ふたりは、中学も一緒だろ。橋場、沢井はもてるらしいから、手を出されないようにな」

冗談のつもり。

全然おもしろくない。シーンとなってた。

先生に悪いと思ったのか、誰かがハハッて、ちょっとだけ笑った。

ぼくは橋場さんは、もともと苦手だった。中学のときから学級委員会とかで知ってたけど、あまり打ち解けて話したことはない。

キビキビしている、というか、ピリピリとしているというか。何かてきぱきとし過ぎていて、うまくコミュニケーションがとれなかったのだ。

レース前についていてられたら、かえって気をつかってしまいそう。

橋場さんの方をそっと見ると、ただ黒板の方を向いてた。何の感情も読めない。

トラックの大会がすべて終わって、駅伝ということになる。他の陸上競技の種目は、基本的にシーズン・オフ。

ミニ・サッカーとかバスケットとかの球技を取り入れたりして体力づくり。遊んでるだけみたいにも見える。

長距離組は別メニュー。運悪く抜擢《ばってき》された400メートル・ハードルの先輩（実力主義の予想の方が当たった）も参加。

ウォーミング・アップをして、ストレッチをして、10キロのロードに出て、クーリング・ダウン。

それで、筋力トレーニングをする日だった。主として腹筋や背筋を鍛える。バーベルとかも上げるけど、陸上競技では、円盤とか砲丸とかしない限り自分の体重を移動させるだけだから、そんなに負荷はいらない。

で、練習が終わって電車に30分も乗って、ぼくは、ようやく海辺の街に帰ってきた。学校のそばの駅のホームで降り出した雨が、強くなってきていた。

冷たい雨。

バスを待っていると、古びたワン・ボックスがロータリーにはいってきた。ぼくはいそいで列から飛び出して、手を大きく振った。

乱暴にブレーキ。

たぶん、零の運転だ。裕だったら、もっと丁寧。

ワン・ボックスは、バス待ちの列の真ん前で、自転車のようなきしみ音をたてて止まった。女の人が降りる。

助手席側の窓から顔を出した零は、その女の人に挨拶《あいさつ》してから、ぼくに眼で合図を送った。

そして、

「よう、生徒会長も、乗れよ」

ぼくの後ろに向かって言った。

列の中ごろに橋場さんがいた。知らなかったけど、同じ電車に乗ってたのだ。

「沢井君、運転出来るの？　無免許でしょ」

橋場さんは、大きな声で言う。

零が唇に指を当てて、しーっ、とする。

駅前の交番まで聞こえるとは思わないけど。

それで、ぼくはスライド・ドアを開けて、後部座席に乗り込んだ。

ドアは錆《さ》びついていた。

力を入れて引っ張るときは不安だ。スライドさせた勢いで、そのままはずれるんじゃないかって思う。

サーフボードを運ぶために裕と零が買ったピック・アップは死んでしまった。ある朝、一瞬、エンジンがかかったあと、息絶えた。いくらセルを回しても、押しがけをしてもだめだった。

それで裕が知り合いにワン・ボックスをもらったのだけど、これも寿命はそう長くなさそう。

零と橋場さんは、しばらく共通の友だちの話をしていた。

佐々木がさ、退学になったの知ってる?

え? 初めて聞いた。

木下が死んだのって、急性の肺炎ってことになってるけど、自殺なんだぜ。

本当?

おまえ、何も知らないんだな。

私、ミキちゃんと黒川君が付き合ってるの、知ってる。

黒川って誰だ?

二組にいたじゃない。

そんなやつ、いないぜ。

テニス部の。背が低くて……

あーっ。あんなのと。どこがいいの。もったいない。ミキちゃーん。

雨がだんだん激しくなってきているみたいだった。

ヘッド・ライトが路面に跳ねる雨を照らしていた。

「メシ食ってこうぜ。奢《おご》る」

突然、零が誘った。

「だめよ。帰らないと。叱《しか》られる」

橋場さんは、簡単にはねのけた。

「いいだろ、久し振りに会ったんだぜえ」

「明日の数学の予習もしなきゃいけないし」

「生徒会長なら、そんなもん、いらないだろう？」

「無理よ」

そういうわけにはいかないのは、ぼくも知っていた。零は、中学のときの橋場さんのイメージでしゃべってるのだ。

彼女は有名人だった。

東京から転校してきた橋場さんは、直後にあった定期テストで一番になると、卒業までずっとトップを譲らなかった。

勉強だけじゃなくて運動もできて、市内の中学対抗の陸上競技会のハイ・ジャンプで入賞した。

でも、ぼくたちの高校はたいへん。裕が卒業して、いま零が通ってる地元の高校とは、ちょっと事情が違う。

三年分のカリキュラムを二年で消化して、最後の一年を受験の準備にあてるから、メチャクチャ速く進む。それに、授業のひとコマが70分だから、一回分の予習の量が多い。

「俺《おれ》さあ、中学のころ、おまえのこと、ずっと好きだったんだぜ」

「嘘」

「いや、本当、純情だから言えなかったの。遠くからじっと見つめてるだけで」

「ちょっと、ちゃんと前向いて運転してよ。無免許なんでしょ」

「ああ、もう、危ない。雨がひどくて運転できない。メシ食ってこう」

零はハンドルを右に切った。海沿いの国道に続く方へ。

真っ直ぐ行って、左折して丘を上ってくと、橋場さんの家のある分譲地に出るんだけど。

意外なことに、橋場さんは怒らなかった。

シートにすわり直す。

ぶつぶつ言ってたけど、付き合うことに決めたみたい。

零は海沿いの道を少し行ってから、最近出来た海鮮レストランのところで方向指示器をカチカチさせた。

「ぼくのこと、先に家まで連れてってってくれないの？」

身を乗り出して、零に言った。

そこからは、歩いて帰れるには帰れるけど、雨が降ってる。

「おまえも食ってけよ」

ハンドルを切った。

だだっぴろい駐車場にヘッド・ライトの光が回転する。

「数学の予習がある」

本当は、ないんだけど。

「あなたが一緒じゃなきゃ、あたし帰るわよ」

橋場さんが振り向く。

思ってもみない展開になってしまった。

零は席につくと、勝手に焼酎《しょうちゅう》のお湯わりをみっつ注文した。橋場さんが電話をかけにいってる間に。ぼくたちは制服なんだけど。

前に一度、裕と零とで来たことがあった。小さめのファミリーレストランのような、居酒屋のようなつくりの店。

そのときは結構客がいたのに、今日は雨のせいかガラガラ。

海鮮サラダだとかウニと豆腐のなんとかとか、やはり適当に零が頼んだ。

零はラクト・ベジタリアンだと一応自分では言ってる。でも、シーフードは、食べたいなって思うときにはいいんだって。かなり、いいかげん。

橋場さんと零は、車の中でやってた友だちの噂話を再開した。ぼくはそれを聞いていた。

ぼくたちの中学は小規模だから、知ってるひともだいぶいたし。

中学で生徒会の仕事を一緒にしたときも、高校の陸上部でも、橋場さんは、どうも厳しい感じだった。自分に対してであれ、ひとに対してであれ、ひとつも無駄を許さないような。

それが、こんなどうでもいいようなことを、楽しそうに話してるなんて。

ふたりは、お湯わりのお替わりを何回かした。ぼくは、二杯でやめておいたけど。

零がトイレに立ったときだった。

橋場さんは、

「いいわね、あなたたちの兄弟は。リラックスしてて」

そんなことは考えてもみなかった。

リラックス？

「私はね、そうなれないの。すぐにつきつめちゃって」

橋場さんは、焼酎のコップをぐいぐいあける。顔がうっすらと赤くなっていた。

「本多さんのことも知ってるでしょ。私が高いものを求め過ぎるのかなあ」

顧問の教師が冗談を言ったとき、まったく受けなかったのは、そのせいもあったのだ。

橋場さんは、受験で引退した三年の短距離のひとと付き合ってた。陸上部なら、みんな知ってる。つい最近別れたらしい、ってとこまで。

橋場さんが本多さんに何を求めたのかは知らないけど。

「特に、零ってまさにリラックスそのものでしょ。勉強だって、やれば出来るのに、全然しないで」

それは、リラックスではない。向上心がないって言う。ふつうは。

「私もがんばるのやめて、こっちの高校に行ってたらって思う。零たちと一緒に」

そうだ、そうだ、その方が絶対に楽しい、と戻ってきた零が、立ったまま叫んだ。

ついでにお湯わりを追加注文する。

三人で乾杯。

雨は嘘みたいにあがってた。

ぼくは、歩いて帰る、とふたりに言った。

零は、橋場さんの肩に手を回して、抱きかかえるようにしている。

「いい？　試合は十日後よ。もうお酒は禁止。あたしが沢井君の付き添いなんだから」

急にまじめなことを。

付き添いって何なの、という零の質問を、橋場さんは聞いてない。

「勝負はアンカーでしょ。それまでのみんなの努力がタスキにはこもってるのよ」

冗談で言ってるんだと思うけど。

車の方へと、零がうながす。橋場さんは、二・三歩進んで、よろめいてる。

後ろ向きのまま、頭の横のところで零が手をヒラヒラさせた。サヨナラの合図。

ぼくは歩いて帰らないで、走って帰った。

相当雨が降ったあとだったから、水たまりが出来ていた。それをリズムをつけて飛び越えながら。

海が近いせいで砂地だから、下手な着地をすると水がにじみ出る。

地元の高校に行っていたなら、というのは、ぼくも考えないことではなかった。とくに満員の電車に揺られて、都会のホームに吐き出された朝なんかには。

でも、それは、それだけのことだった。両方を経験することは不可能なのだから。

ほとんど、女に生まれていたら、とかいう仮定と一緒だ。

それに、ぼくは、無理に勉強をして受験したわけではなかった。なんとなく好きでやってたら、地区外枠の受験を勧められた。

だから、ぼくは、母親に、零とゴハンを食べてきた、もうすぐ零も帰る、と報告を済ますと、リーダーのテキストを広げた。予習がいるのは英語だったのだ。

聞き慣れたワン・ボックスのエンジン音がしたのは、ずいぶんと遅くなってからだった。

窓を開けた。

零がゆっくりと車を降り、家に近づいてくるのが見える。疲れた足取り。

ぼくはかつて彼女がいたあたりの闇に向かってささやいた。

お休み、ジョン子。

もちろん、返事はなかった。

ノックもなしにドアが開く。零は、いつもそうなんだけど。

「いやあ、全然ダメ」

頭をかく。

「キスもいやがるの。服の上から乳さわっただけで、ぎゃーぎゃー言うんだぜ」

少し色っぽくなったと思ったけど、やっぱ、カタイねえ、生徒会長さんは、と言って、零は部屋を出てった。

ぼくは、勉強する気がなくなってしまった。

ベッドに横になって、橋場さんの胸のことを考えた。

橋場さんはハイ・ジャンパーらしい体型をしていた。長身でやせている。

ぼくは、ブラジャーの隙間《すきま》からなら、橋場さんの乳首らしきものを見たことがある。

陸上部をしてたら、スタート練習のときとか、偶然見えてしまったりするのは、よくある。

それを思い出そうとした。

結構、興奮した。

実際に見たときより、ずっと。今夜の飲んでるときの橋場さんの顔と重なったからだろう。

県の駅伝大会には、だいたい40校が参加していた。

6区にタスキが渡ったときには、27位だった。橋場さんが役員に確認を取ってくれた。

あんなことがあってから、橋場さんとは話しやすくなった。それは、よかった。

上位には、常連の実業高校や大学の付属が並んでて、そのグループが過ぎ去ったあとは混戦状態。

結局、ぼくは25位でタスキを受けて、四人抜いてひとりに抜かれた。つまり学校順位は22位。

目標は10番台に食い込むことだったから、まあまあ。

祝勝会でも残念会でもない打ち上げのコンパに行くことになった。

試合だったので、ほとんどの三年生が応援に来てくれた。久し振り。

でも応援しないで、ずっと喫茶店にいて、センター入試の社会をひたすらしてたひともいるらしいけど。

飲みに連れていってくれる。

教師は、黙認。立場上参加できないが、くれぐれもハメをはずしすぎないようにって。

生ビールを飲みながら、ぼくは計算をしてた。

速報版のコピーをもとに、7区の走者のうちで自分が何位かを出す。最終の学校記録から6区の通過タイムを引くだけなのだけど、40もあるとねえ。

上から計算していって、10校ぐらいを残して、ぼくは飽きてしまった。そこまでで区間12位。それより下位の高校には、そんなに速いランナーはいそうもなかったし。

なによりも、ぼくは疲れていたのだ。

試走もしない一発勝負。アップの場所に指定された小学校のグラウンドからなにから、ずっと慣れないところだった。レースでもかなり全力を出し切った感じだったし。

だから、橋場さんが立ち上がって、私、家が遠いから、と言ったときには、途端に帰りたくなってしまった。

「沢井には気をつけるように」

顧問のマネをしたひとがいて、今度は受けた。飲んでたからだろうけど。

橋場さんは、

「電車の中で、7区の反省会をします」

もちろん、電車で反省はしなかった。

「本多さんと一緒にいるのが耐えられなかったの。何もなかったみたいな顔し続けなきゃいけないでしょう。ごめんなさいね、沢井君まで帰らせることになって」

そんなことはない、ぼくの意思だから、と言って、ぼくはポケットから記録の速報版を出した。説明のつもりだったんだけど。

コピーは、指でつまんだフライド・ポテトの油が染みて、ところどころ半透明になっていた。

ぼくが計算した細かいボールペンの文字に目を走らせる。

「沢井君も、そんなに順位が気になるの？　私は、もう競争がいやになっちゃった。

陸上部もやめようかって思う。ハイジャンで何番になってもよくなったし」

でも、情けないことに、ぼくは猛烈に眠くなっていた。まぶたがおりてきてしまう。電車の暖房がすごくきいてたのだ。

揺れが変わったり駅に着いたりするごとに、意識が戻ってきた。薄く目を開けてうかがうと、橋場さんは、キッと、前を見つめているみたいだった。


ホームに立つと、気持ちが良かった。

寒さで身が引き締まる。空気が違ってた。

駅から海までは、実際にはかなり距離があった。それでも海の匂《にお》いがする感じ。思い込みなんだろうけど。

ぼくたちは、バスに乗らないで歩くことにした。橋場さんの家までは、だいぶあると思う。でも、彼女の提案。

目が覚めて、気持ちがいい夜だったから、ぼくも大賛成だった。

途中で公園を通った。

ブランコに乗る橋場さんの横で、ぼくは、立ったまま、月を見ていた。

「この前、三人で飲んで、遅く帰ったでしょう。叱られるっていうより驚かれた。そんなことする娘だって思ってなかったから」

橋場さんは、こんなこと聞いててもつまんないでしょう、と言った。

ぼくは黙ってた。そうすれば、そんなことはない、というのが伝わると思って。

「家でも、とてもいい子にしていたの、私は。何か責任感みたいなのがあって。親を悲しませたらいけないって強く思ってた」

零がリラックスして生きてるのがうらやましい、と橋場さんは、また言った。初めから競争からおりちゃって。

そして、将来、高校を卒業したら、零はどうするつもりなのかしら、と訊《き》いた。

ぼくにも零の将来など想像もつかなかった。

裕は、高校を卒業してからバイト生活をしている。ガソリンスタンドだとか、夏には海の家だとか。

裕はわかりやすかった。彼はサーフィンのことしか考えてない。

好きなときに、いい波が来たときに、乗りに行ける暮らしが出来ればいい。あとは、せいぜい魚釣りをしたいくらい。

零は、また、ちょっと違うと思うんだけど。

ひとのことより、自分の将来もわからなかった。いま考えているのは、せいぜい来年の春のことぐらい。

トラック・シーズンのスタートをどんなふうに切れるか。

ぼくに裕や零と共通の点があるとしたら、なるべくこの街を離れたくない、というところだろう。生まれ育った海辺の街。

高校は外に出てしまったけど。

橋場さんはベンチに移っていた。

ぼくが見ると、下を向いていた。泣いているようだった。

ぼくは、どうしていいかわからなかったから、そばへ行ってキスした。

橋場さんは震えていた。

ぼくは、よくわからないけど、感動して抱き締める。強く。ハイ・ジャンパーの、細くてしなやかなからだ。

橋場さんは、声をたてて泣いた。ぼくが、何回も何回もキスすると、橋場さんの唇に力がはいってくるのがわかった。

これが競争であり、また、まず前提としての零の自己申告が正しいとするなら、ぼくは零に勝ったことになる。

もちろん、そんなことには何の意味もないけど。

猫男

角田光代

かくた・みつよ

神奈川県生まれ。1990年『幸福な遊技』で海燕新人文学賞を受賞しデビュー。96年『まどろむ夜のUFO』で野間文芸新人賞、98年『ぼくはきみのおにいさん』で坪田穣治文学賞、『キッドナップ・ツアー』で99年の産経児童出版文化賞フジテレビ賞と2000年の路傍の石文学賞、2003年『空中庭園』で婦人公論文芸賞を受賞。著書に『ピンクバス』『学校の青空』『みどりの月』『エコノミカル・パレス』などがある。

人生においてはじめてフルコースの中華料理を食べたのは一八歳のときで、K和田くんといっしょだった。

それまで、私にとって中華料理といえば炒飯《チャーハン》でありラーメンであり餃子《ギョーザ》であった。しかしその日、くらげと鶏肉の胡麻和《ごまあ》えだとかフカヒレのスープだとか、牛肉の豆豉《トーチ》炒めだとか海老のチリソースだとかが、中華料理と呼ぶにふさわしい料理であると私は知ったのだった。K和田くんと向き合った席で。

もう食べられないよ、まだくるの、もうほんとうに限界だよ、と言いながら、私は目の前に置かれたものを皿までなめるいきおいでむさぼり食い、紹興酒《しょうこうしゅ》でくちびるを濡《ぬ》らし、そうしながら、K和田ごときがどうして中華のフルコースを知っていたのか(私は知らなかった)、どうしてなんの躊躇《ちゅうちょ》もなく中華料理専門店に足を踏み入れられるのか（私はどぎまぎしてその赤い絨毯《じゅうたん》を踏んだ）、どうしてひとり一万二千円のコースをたのめるのか（私にとってアルバイト四日ぶん、ふたりなら八日ぶん）、いぶかしんでいた。もっともおおきな謎《なぞ》は、なぜ彼が私にこのような高価な食事を、無償であたえてくれるのかということであった。

しかし私はそれらの謎を口にすることなく、K和田くんと向き合って、次々と食事をたいらげていった。学校のことについて話したり、笑ったり、他愛もないことをK和田くんに質問したりしながら。

季節は冬だった。一二月だ。最後に運ばれてきた杏仁豆腐《あんにんどうふ》を食べ終えると、腹の皮があますところなく突っ張って、中国茶さえ流しこむ余裕はなかった。

K和田くんが会計をすましているあいだ、私は先に店の外に出て、おおきく息を吐いたり吸ったりしながら、あたりを見まわした。煉瓦《れんが》敷きの町にはクリスマスの飾りがほどこされていた。葉の落ちた街路樹に結びつけられた豆電球が点滅し、通りに面した店のショーウィンドウのなかにはサンタクロースや樅《もみ》の木が飾られていた。どこからかクリスマスの音楽がひっきりなしに聞こえてきて、見上げると、空に数個、くっきりとした星があった。

K和田は私のことが好きなのにちがいないと、中華料理屋の外で私は考えていた。語学のノートも金も貸していないし、悩みをうちあけられてもいないし相談をもちかけられてもいない、それなのに、わざわざ遠くの町まで私を連れてきて、かように高価な料理をご馳走《ちそう》してくれるのだから。

かわいそうなK和田。私は思い、続けてつぶやいた。かわいそうな私。つぶやくと息がしろかった。K和田がかわいそうなのは私がその思いにむくいてあげられないからだし、私がかわいそうなのは、好きな男といっしょにいないからだった。はじめての中華料理のフルコースを、クリスマス用に飾られたうつくしい町を、たよりない冬の夜更けを、好きでもない男といっしょに味わい、歩き、笑っているからだった。

会計をすませたK和田くんが店から出てきて、紹興酒で頬《ほお》を赤くさせ、もう一軒いこう、いいところ知ってるんだ、と言いながら近づいてきた。煙草《たばこ》を吸っているみたいにしろく息が流れる。うん、いこう、いこう、私は笑って言った。

どのようないきさつであの日、はるばる横浜までK和田くんと中華料理を食べにいったのか、思い出そうとしても何も思い出せない。クリスマスが近かったとすると、学校はもう休みに入っていたはずで、私とK和田くんは、わざわざ学校の外で待ち合わせて、横浜へいったのだろうか。K和田くんはなんと言って私を誘ったのだろうか。何も思い出せない。ただ、あのとき、かわいそうなK和田と思ったのは覚えている。かわいそうな私、と続けて思ったことも。

K和田くんは、二年後、ぱったりと学校にこなくなった。連絡もとれなくなった。心配した男の子たちが何人かで、K和田くんの住むアパートにいった。K和田くんは引っ越していたらしかった。それを聞いて私も一人、数回いったことのあるK和田くんのアパートにいった。中野駅から二〇分ほど歩く、住宅街のなかの、築三〇年はゆうにたっている木造アパートだ。ポストにK和田の文字はすでになく、玄関の戸をたたいても、しんとしずかなままだった。耳をくっつけて息をころすと、なかから、音楽が聞こえてくるような気がした。K和田くんが好きだった曲が。

「そのひと、もうそこにいないわよ」という、年老いた大家さんの声で、それが幻聴だと知らされた。

それきり、K和田くんはみんなの前からいなくなった。手品みたいだった。ほんとうに、どこにもいなかった。どこかにはいたのだろうが、私たちの見える範囲の、そのなかにはどこにも、見あたらなかった。

私と同級生たちは、K和田くんの不在とともに就職したりしなかったり、卒論を書いたり書かなかったり、卒業したり留年したりした。

指を折って数えてみると、あれから、きっかり一五年たつ。K和田くんは消えたまま
だ。

そんな話を、薄暗い中華料理屋で、私は恋人に話している。

私たちは今、異国のちいさな島にいる。一週間の短い休暇だが、ずいぶん前から二人で計画していた。仕事を休む日にちをあわせるのに手間どったし、場所を決めるのにも長く話し合った。私は南国のリゾートにいきたかったが、彼はしずかなところでゆっくりすごしたいと言い、結局、彼の主張がとおった。南国リゾートはこの次の休暇、と約束をした。

夏には観光客でずいぶんにぎわうらしいこの島は、初冬の今、完璧《かんぺき》な季節はずれで、海辺に並んだホテルや、そこからのびる大通りのレストランのほとんどは冬季休業に入っている。しずかにすごさざるを得ない場所ではある。

埃《ほこり》をかぶったガラスの壁に顔を近づけると、休業中の店のなかは夏の、ひっきりなしに客がきたのであろう時期のままになっている。テーブルが並び、業務用の冷蔵庫

にはビールやコカコーラが詰まっている。夏の余韻をどこか後ろめたくのこしたまま、店は冬のなかにとりのこされ、ガラス戸の入り口の前では、枯れて乾燥した葉が渦を描いている。

中華料理屋は、裏通りに一軒、ぽつんと開いていた。ほかに店を捜すのが面倒《めんどう》で、私たちはそこに入った。客はおらず、私たちが隅の席に着くと、店主はのそのそと奥から出てきて、私たちの席の上にある照明だけをつけた。

牛肉と青菜の炒めもの、春雨のスープ、蟹《かに》の炒飯、イカの中華風揚げもの、を私たちはたのんだのだが、運ばれてきたものはどれも中華料理ではなかった。樽《たる》のような体型をした、銀髪の店主の独創料理であった。牛肉とピーマンは炒めておらず、トマト味で煮込んであり、春雨のスープはコンソメ風味で、炒飯はポテトフライの添えられた、ライスサラダのごとく冷えた炊き込み飯で、オリーブオイルで揚げたらしいイカの揚げものには大量にオレガノがふりかけてあった。しかし、そのどれも、まずくて食べられない種類のしろものではけっしてなかったので、私たちは無人のレストランで、ひっそりと驚きの声をあげつつその斬新な中華「風」料理を食べていた。

ワイン用の葡萄《ぶどう》の絞りかすでつくるという、この島の安い地酒をボトルでたのみ、それをちびちびとすすりながら、私はふいにK和田くんのことを思い出したのである。

「それで、どこにいったの、彼は」

恋人は訊《き》く。

「それがほんとうにどこにもいなかった。実家に問い合わせても、どこにいるかはわからなかった。卒業して二、三年後、同窓会があって、そのときK和田くんの話になって、何人かが捜そうとしたみたい。なんだかもりあがって、興信所にたのんだり、ずいぶん大がかりに捜したみたいよ。でも結局、見つからなかった」

私は言った。ふうん、と恋人は言って、油染みのついたガラスのコップを親指でこする。

「なんで急にいなくなったんだろうね。そうする理由があったのかな」

おそらく、それほど興味はないだろうに、私がまだそのことを考えていると察して恋人は質問を続けてくれる。こういうとき、私は彼を、とても礼儀ただしい人間だと思う。尊敬の念すらいだく。

「K和田くんがいなくなったあと、みんな驚いたけど、少したつとなんとなく、そうするしかなかったのかなって空気になったの。K和田くんは単位もほとんどとってなかったし、学校にもあんまりきてなくて、住んでいたアパートの家賃もずいぶん滞納していたんだって。K和田くんはそういうことを積極的に対処できるタイプの子じゃなくてね、ずるずるとひきずられちゃうというのかな……。借金がかなりあったとか、トラブルにまきこまれてたとか、そんな噂《うわさ》もいろいろ聞いた。だから、どこかにいってしまった、というより、ここから逃げた、っていうほうが近いんじゃないかって、みんなは言ってたっけ」

「だめ男系?」

恋人は場の雰囲気を和ませるように冗談めかして言う。しかし、だめ男、という言葉を聞くと、それはK和田くんにぴったりの言葉であるように思えてくる。

「まさにそう、それよ、悪い意味でもいい意味でも、だめ男」

私は言う。

「いい意味のだめ男って……」

恋人は笑う。

「なんていうか、ものすごく弱い感じの子だったな。本人を目の前にしてると、弱いなんて言葉思いつきもしなかったけど。今思うと、弱い、ってああいうことなのかもしれない」

ふうん、とまた恋人は言う。店主はカウンターの内側で、サッカーの試合を見ている。ガラス窓の向こうを、ときおり人が通りすぎる。ぴたりとくっついたカップルや、ふざけながら歩くおさない兄弟や。私たちの前には、油の浮いた皿が並んでいる。

「もういこうか」

恋人は言って立ち上がる。会計をしてくれと、店主に向かって歩きながら言う。弱いと形容される種類の人のことを、恋人は嫌悪している。口には出さないが、私はそれを知っている。弱いことは怠慢だと彼は思っているのだ。

ひとけのない路地を歩き、大通りに出、私たちはぴったりと体を寄せ合って歩く。海沿いの、一軒だけ開いているホテルに戻る道を歩く。海からの粘りけのある風が吹きつけ、一ヵ月も前なのにもう飾りつけられた、クリスマスのための電飾が、まだ明かりをつけてもらえず風に揺れている。

ホテルの部屋で、私はふたたび、K和田くんのことを恋人に話したい衝動に駆られる。K和田くんはただ弱い男だったのではなくて、共振しやすい人間だったのだと、訂正して話したくなる。彼がだめになるのは、自身の沈殿ではけっしてなくて、近くにいる人間に過剰に影響されるからだ、と。

けれど恋人は、知りもしない、また今後会うこともないであろうK和田くんの話はもはや聞きたくないだろうし、そのことについて話そうとすれば、過去の私自身についても話さなくてはならなくなる。だから私は言葉を飲みこみ、窓を開け、海風にあたりながら缶ビールを飲む。恋人はシャワーを浴びにいく。鼻歌が聞こえてくる。弱さをにくんでいる男の鼻歌が、暖房のききすぎた部屋に薄く流れる。

K和田くんはたとえてみれば消しゴムのような男の子だった。他人の弱さに共振して、自分をすり減らす。共振された他人は、K和田くんのおかげでか、もしくは時間の力でか、自己治癒力でか、そのうちたちなおってふたたび世のなかに向き合い同化する。けれどK和田くんは、いつまでもすり減ったままなのだ。自分とは露ほども関係のないことがらに傷つき、うなだれ、気力を失い、そしてそのまま、たちなおることができない。それなのにまた、だれかの痛みに共振し、さらにすり減る。元に戻るすべを知らないまま。それがK和田くんだった。

だから、どこからもK和田くんがいなくなったとき、ああやっぱりと、私はどこかで思った。私は、いや私も、K和田くんのある一部分を削り落としてしまったのだろうと思った。一万二千円の中華料理のフルコースばかりではなくて、もっと、埋めることのできない何かを。

海の向こうに点々とたよりない光が見える。漁《いさ》り火《び》だろうと思っていたが、それは水平線近くでかすかにまたたくいくつかの星だった。


一八歳のときの私にはべらぼうに好きな男がいた。十代の偏狭と無知は、その男が運命的な相手であり、その男抜きでは世界は成立しないという思いこみにかんたんにすりかわった。その男は、もてるタイプでもなく格好がいいわけでもなく、どちらかというともっさりした、ぱっとしない男だったが、致命的に優柔不断だった。人と向き合うという経験をある程度積んだ今なら、彼は無意識のレベルで非常に女をおそれつつにくんでおり、一対一で女と正面から向き合うことのできない、一種、病的な男だった、云々《うんぬん》と分析することもできるが、自分の痛みにさえ無頓着《むとんちやく》なそのころ、私はただ、けっして自分に安心をくれないその男をひたすら好きだった。

恋愛においてもっともつらいことは、拒否ではなくて、意志のない受容である。そして、自分が彼にとって何ものであるのかを、けっして規定してもらえないことだ。私は彼との関係にかたちをあたえるため、躍起になり、しかし私にできるのはとことん彼につきあうことのみだった。私のアパートを訪ねてくればそれが深夜三時でも迎え入れ、性交を求められれば応じ、ほかの女の子との色恋沙汰《いろこいざた》について相談を持ちかけられれば真剣に答え、何週間も連絡が途絶えればその沈黙を受け入れた。

どうやら、彼のような人間ととことん向き合おうとすると、こちらはひどく疲弊していくらしい。日々を形成するあれこれを行動に移すエネルギーがどんどん減少していく。学校にいくこと、授業を受けること、食事をすること、友達としゃべり、テレビを見て、お洒落《しゃれ》をし、アルバイトをして小銭をかせぐこと。そのひとつずつを手放していき、次第に私は、彼を待つことにしか興味をもてなくなっていた。

重い布地をかぶったような眠気がずっと続き、学校をさぼって寝ていると、いつまでも眠ることができた。食べることも風呂に入ることも、着替えることもテレビのスイッチをつけることも面倒になり、眠ってばかりいた。それでも好きな男から連絡があれば、部屋をかたづけ、風呂を浴びて着替え、普段《ふだん》どおりのふりをして彼を待った。

おそらく、致命的に優柔不断な彼のような男がもっともおそれているのが、そのときの私みたいな女である。逃げるから追う、追うから逃げる、の単純な図式が見事に成立し、彼はめったに私へ連絡をよこさなくなり、私は家に閉じこもり彼に電話をかけ続けていた。

K和田くんが私に連絡をとるようになったのはそのころからで、彼からだ、と思って電話をとるとK和田くんで、あからさまにがっかりしているのに彼は電話を切らず、あれこれと、くだらないことを続けざまに話して、三回に一回は私を笑わせるのに成功した。そのうち、家に閉じこもっていた私は、K和田くんとなら外出するようになった。

K和田くんと私と私の好きな男は三人ともゼミがいっしょで、K和田くんと彼はそこそこしたしかった。だから、私はK和田くんといれば彼にふたたび接触できると思っていたのだ。もしくは、K和田くんといっしょにいるということは、私と彼のつながりがまだ完全に切れていない、その証拠のように思われた。

K和田くんといっしょに、彼のアパートを訪ねたこともある。

その日は彼の誕生日で、学校の帰りに私はケーキを買い、彼のアパートへ向かったのだった。冬休みがおわったばかりのころだった。学校から彼のアパートに向かう電車の私鉄駅で、K和田くんにばったり会った。ケーキの箱を持っていた私は、今日が彼の誕生日であると説明した。誕生日はいっしょに祝おうと約束したのだ、半年前の夏の日に。彼はきっと覚えていて私を待っているにちがいないと私はK和田くんに言った。K和田くんはとてもへんな顔をしてそれを聞いていた。へんな顔——抜こうとした棘《とげ》を反対に指に押しこめてしまったときみたいな。

ぼくもいこうかな。K和田くんは言った。これから六限があるんだけど出たくないし。

やめてよ、それ、無粋だよ。私は笑わずに言った。恋人同士の誕生パーティにお邪魔するなんてどういう神経？

それでもK和田くんはいっしょについてきた。いきたいといっているものを無理に断ることもできなかった。一万二千円のフルコースのこともある。

電車はひどく混んでいて、私が大事に抱えるケーキの箱をK和田くんはそっととりあげた。そして両腕をあげ、頭上におおきくかざした。K和田くんがよろめかないように、彼のジャンパーを私はしっかりつかんでいた。電車が揺れるたび、混んだ電車の空中で、まっすぐ掲げられたケーキの箱は、電車とともに右に、左に揺れ、幾人かの視線がその箱を追って、やはり左右へと動いていた。

私鉄沿線の住宅街にある彼のアパートにたどり着いたときには、あたりはもう暗かった。古いビルの三階角部屋が彼の部屋で、インターホンをいくら鳴らしても扉は開かず、扉の向こうに人がいる気配もなかった。私は玄関に背中を押しつけてしゃがみこんだ。そのときはほんとうに、彼が夏の日の約束を覚えていて、遅れたことを詫《わ》びながら一瞬あとにでもあらわれると一点の曇りもなく信じていたのだった。

私とK和田くんは玄関を背にしてしゃがみこみ、ときおり、掌《てのひら》に息を吹きかけて暖をとった。K和田くんが買ってきたコーヒーの空き缶を灰皿にして、二人でひっきりなしに煙草を吸った。煙草の橙色《だいだいいろ》の煙が暖かそうに見えるからだった。

一二時をすぎても、深夜一時をすぎても、彼は帰ってこなかった。

ケーキ、食っちゃおうか、私は言った。息がしろかった。うん、食っちゃおうよ、と、なぜだかK和田くんは泣きそうな顔で言った。それで私たちは箱を開け、ろうそくに火をともし、ちいさな声で彼の生誕をたたえる歌をうたい、ろうそくを吹き消して手づかみでケーキを食べた。寒すぎて、ケーキの味などまったくわからなかった。手がふるえて、口のまわりにやたらとクリームがこびりつき、私とK和田くんは幾度も笑った。笑い転げた。空のかなたがしろく染まるまで笑っていた。

かなしみに底というものがあるとするなら、おそらくあのとき、私は両足で軽く、けれど確実に底を蹴《け》った。彼という人間と、私との関係と、恋愛というものと、そんなもろもろに、自分なりに決着をつけた。だから、彼が帰ってこなかったあの夜、そのことについて傷ついたのは私ではなくてK和田くんにちがいない。こわれたのは私ではなくてK和田くんにちがいない。

恋人がシャワー室から出てきて、テレビと向き合う。さっき買ってきた缶ビールを開け、首をかたむけて飲む。

「来週にはもういつもどおりの仕事だな」

そんなことを快活に言う。

「そういうのって、なんだか信じられないよ、いつも。自分は東京からこんなに遠くにいるのに、もうひとりの自分はいつもあの仕事場で働いてるみたいだ」

私は相づちを打ちそこねてぼんやりとテレビ画面に目を向ける。

ほんとうは、偶然私はK和田くんを見つけだしたのだと、ベッドのなか、本を読む恋人の隣で私は言おうとし、逡巡《しゅんじゅん》し、結局、口にする。

「さっき話していた同級生の、K和田くん、同窓会のあとみんなで捜したと言ったでしょう?」

彼は本から顔をあげて私を見る。

「あれだけ大がかりに捜して、それでもみんなは見つけられなくておわったけど、私、偶然、見たのよ、彼のこと」

「へえ、どこで」

恋人は礼儀ただしく尋ねる。

「公園で」

私は答える。言わなければよかったと思っている。

「何してたの」

「ベンチに座って、空見てた」

慎重に、私は言う。ははは、と、どこかとまどいの混じった声で恋人は笑う。

「空? それだけ?」

「うん。それだけ。電車の窓から、ちらりと見ただけだから」

「じゃ、声かけなかったんだ」

恋人は言いながら、眼鏡《めがね》を外し、ベッドにもぐりこむ。

かけなかったと、私は心のなかで答え、「おやすみ」と言う。おやすみと、恋人も言う。


明くる日、朝食を食べ終えた私たちは散歩がてら、岬の突端に建てられた、一六世紀の要塞《ようさい》を見にいく。石造りの薄茶色い要塞に向けて堤防を歩いていくと、やけに猫の数が多いことに気づく。

アスファルトの路上に、堤防と海のあいだを埋めるテトラポットの上に、路上駐車された車のボンネットに、大小さまざまの猫がいる。気取りすました様子で歩いていたり、のんびりと陽にあたっていたりする。

なんか猫が多くない？　と、隣を歩く恋人に言おうとしたとき、一台の小型バイクが走りこんできて私たちのわきで止まる。バイクの男はハンドル部分にずいぶんたくさんのビニール袋をぶら下げており、彼がバイクからおりてそれを手にとると、かさかさというその音を聞きつけて、おびただしい数の猫が集まってきた。うわ、と声をあげ思わず恋人は数歩後ずさる。

バイクの男がビニール袋からとりだしたのは餌《えさ》だった。男は餌袋を手にして、所定の位置に置いてあった餌箱に餌を盛ってまわる。餌箱も男が用意して置いたのだろう、アルミの丸皿や、木の箱や、しろい食器など様々で、そのすべてが餌で満たされると、煮詰めた魚のにおいが強く鼻をつき、あちこちから姿をあらわした無数の猫が、それぞれの餌箱に顔をつっこんで無心にそれを食べはじめる。「猫のためのごはん。捨てないで、汚さないで」と、ベニヤ板に英語で書かれた看板が、一番大きな餌箱のわきに立てかけられていることに気づいた。二の、四の、六の、八の、と猫を数えはじめてみて、三八匹までできたところで、面倒になってあきらめた。どのくらいいるのか見当もつかない。

バイクの男は、その場に突っ立っている私たちを見て、かすかに笑った。そして「ホーム」と小さく一言つぶやいて、手招きをする。男に呼ばれるまま数歩進むと、堤防から下の道路へと続く階段の下に、二畳ほどのスペースがある。階段が屋根になる格好の、変形の小屋然としたスペースで、毛布が敷き詰められている。そこにも餌用の木箱が置いてあり、数十匹の猫が毛布の上にもいた。ここが、すべての猫の家らしい。男は階段を下りていって、ビニール袋からとりだした餌を木箱に盛る。猫たちはいっせいに木箱に鼻先をつっこむ。

すべての餌箱に餌を入れ終えて、堤防に戻ってきた男はしばらく、空になったいくつものビニール袋を両手に下げたまま、猫たちが餌を食べる様子を眺めている。この男が、猫の家をつくり、餌箱を集め、餌を守る看板をつくったことは一目瞭然《いちもくりょうぜん》で、毎日こうしているのだろうこともうかがえた。

痩《や》せた男で、羽織った黒いジャンパーは埃まみれでしろっぽく、丈の短いズボンの裾《すそ》はほつれていた。艶《つや》のない金色の髪は伸び放題で、うしろで無造作に束ねられている。男のみすぼらしさは、どこか痛々しげで、それで思わず考えてしまう。猫に餌を配ることのみを日々の糧にしているからこのようにみすぼらしいのか、それとも、そもそもの最初、なんらかの理由でこうなってしまったから、猫に餌を配ることを思いついたのか。

私は数歩うしろにいる恋人に寄り添い、彼の手をにぎる。K和田くんのことを考えている。

電車の窓から彼を見た次の日、私はもう一度、用もないのにその電車に乗った。やはりK和田くんはそこにいた。昨日座っていたのと同じベンチに腰かけて、空を見ていた。みすぼらしく、痛々しかった。

その次の日も、その公園の前を通る電車に乗ろうかと思った。公園の手前の駅で下車して、公園を訪ねようかとも思った。もしくは、彼を捜し出そうと意気ごんでいる同級生たちにこのことを伝えようかと。

けれど私は何もしなかった。電車にも乗らなかったし、同級生に電話もしなかった。唯一したことがあるとするなら、忘れようとつとめた。あそこにいたのはK和田くんによく似た男だったと思おうとつとめた。私は二度とその路線の電車に乗らなかった。今も乗っていない。

次の年の同窓会で、もうK和田くんの名前は出なかった。前の年、K和田を捜そうと息巻いていたのに、今年はK和田のKの字も口にしない数人の男の子たちを、私は共犯者を見るごとく眺めた。彼らもじつは、K和田くんを捜し当てたのではないかと思ったのだ。捜し当て、彼を遠くから見て、そして、背を向け、二度とその場所に近づかなかったのではないかと。

私と同じように、なんらかのかたちで彼にたすけられ、すくわれ、たちなおり、傷を癒《いや》し、現実に戻り、ふたたび前を向いて歩きはじめた経験を持つはずの彼らは、そこに、Ｋ和田くんのいる場所に、未《いま》だ無力にたたずんでいる自分の弱さを見たのだ。そしてある嫌悪をもって、そそくさと背を向けたのだ。

　恋人の手をにぎってその場に立つ私は気づく。餌箱に鼻をつっこんでいる無数の猫は一様に毛並みがよく、太っており、そのなかに立つ男だけが、手にした空のビニール袋みたいに空っぽで、痩せ細り、風にふかれ、たよりない音をたてている。

「こんなにたくさんいっぺんに見ると、なんだか、グロテスクだな」

　恋人は言う。

「水族館にいってみようか？」

　うん、と私はうなずくが、その場を動くことができない。私が動かないので、恋人もそこに突っ立っている。

「この人、いったい何をして生計を立ててるんだろうな」

　私の横で、ふと恋人が声を落として言う。

「さあ……」

　私は空を見上げる。雲がひとつもない。プラスチックのような青が広がっている。

「これだけの猫に餌をやるんだから、それなりに稼がないといけないよな。でも、なんていうか、あんまり稼ぐ人のようには見えないなあ」

そこに立つ、濡れた傘のような男のうしろ姿を見て、悪意なく恋人は言う。ほんとうに、そこにはみじんも悪意がないのに、私は何か、彼につっかかりたい衝動を覚える。

きちんと働いて、猫の餌代ではなく自分たちの食《く》い扶持《ぶち》をちゃんと稼いで、身綺麗《みぎれい》にして、おいしいものを食べて、労働のあとには休暇を要求して、次回の休暇まで予定で埋めて、前を向いてけっして穴ぼこに足をとられないようにして日々すごす、それだけが唯一無二のただしさなのかと、声を荒げて恋人にくってかかりたくなるが、自分でも、言いたいことの意味がまるでわからないし、会話がかみ合わないことは理解できるので、私はただ、

「聞こえるよ、あの人に」

と、そんなことを阿呆《あほう》のように気の抜けた声で言う。

「平気だよ、日本語わかんないよ。ひょっとしたらこの国、失業保険とかそういう福祉的な面が、ものすごく充実してるのかもな、だってここ、日本より失業率高いだろ？」

恋人はまだ猫男について話している。私はにぎっていた彼の手をほどき、彼から少

しだけ離れる。

恋人の強さを、弱さをにくんでいるその強さを、ときとして私もまたにくむ。けれど私が好きになるのは、きまって彼のような男なのだ。自分の食い扶持をきちんと稼いで、身綺麗にして、おいしいものを食べて、労働の合間には休暇を得ることが当然と思い、穴ぼこに足をとられないよう、そのことだけにほとんどの意識を集中させつつも、前を向いて足を踏み出す彼のような男なのだ。ずっと昔の恋を思い出すとき、すぐに思い浮かぶのが、恋の相手だった男ではなくて、ケーキの箱を両手で持ち上げていたK和田くんであるのに。電話をけっして切ろうとしなかった、どこかたよりないK和田くんの声であるのに。

「なあ、どこかであたたかいもの飲もうよ、冷えてきた」

猫を見ているのに飽きたらしい恋人が私の手を引く。

「そうだね」

私は言って、猫の様子を見守っている痩せた男をちらりと見る。その瞬間、こちらをふりかえった男と目が合い、私はとっさに、ありがとう、とつぶやいている。男はそれを聞いて目を細め、笑顔をつくるがなぜだかそれは、泣き顔のように見える。ケーキ食っちゃおうよ、と言ったK和田くんの顔のように見える。

数えきれない貪欲《どんよく》で幸福な猫たちと、みすぼらしく痩せた猫男にそそくさと背を向けて、恋人の手をもう一度にぎり、私は歩きはじめる。

いい天気、と空を仰いでどうでもいいことのように言って、無理に笑ってみたりする。

初出・所収一覧

ぼくの味	『ぼくはビート』
誰かアイダを探して	『少年たちの終わらない夜』
イアリング	『女について』
チェルノディルカ	『アルマジロ王』
私にも猫が飼えるかしら	『君はなぜ泳ぐのをやめるんだ』
ふたりの相棒	『ひかる汗』
クーリング・ダウン	『野性時代』'95年10月号
猫　男	『paperback』Late Winter 2002 Vol.4

Love Stories

2004年2月14日　初版第1刷発行

著　者

山田詠美
鷺沢　萠
佐藤正午
島田雅彦
谷村志穂
川西　蘭
川島　誠
角田光代

発行人　仙道弘生
発行所　株式会社水曜社
〒160-0022　東京都新宿区新宿1-14-12
TEL03-3351-8768　FAX03-5362-7279
URL www.bookdom.net/suiyosha/

制　作　株式会社青丹社
印　刷　株式会社シナノ

ISBN4-88065-125-7

定価はカバーに表示してあります。
乱丁・落丁本はお取り替えいたします。